曹全碑

中國碑帖名品［十七］

上海書畫出版社

前言

中華文明綿延五千餘年，文字實具第一功。從倉頡造字而雨粟鬼泣的傳説起，歷經華夏子民智慧聚集、薪火相傳，終使漢字生生不息、蔚爲壯觀。伴隨著漢字發展而成長的中國書法，基於漢字象形表意的特性，在一代又一代書寫者的努力之下，最終超越其實用意義，成爲一門世界上其他民族文字無法企及的純藝術，并成爲漢文化的重要元素之一。在中國知識階層看來，書法是中國人『澄懷味象』、寓哲理於詩性的藝術最高表現方式，她净化、提升了人的精神品格，歷來被視爲『道』『器』合一。而事實上，中國書法確實包羅萬象，從孔孟釋道到各家學説，從宇宙自然到社會生活，中華文化的精粹，在其間都得到了種種反映，書法無愧爲中華文化的載體。書法又推動了漢字的發展，篆、隸、草、行、真五體的嬗變和成熟，源於無數書家承前啓後、對漢字美的不懈追求，多樣的書家風格，則愈加顯示出漢字的無窮活力。那些最優秀的『知行合一』的書法家們是中華智慧的實踐者，他們彙成的這條書法之河印證了中華文化的發展。

因此，學習和探求書法藝術，實際上是瞭解中華文化最有效的一個途徑。歷史證明，漢字及其書法衝破了民族文化的隔閡和時空的限制，在世界文明的進程中發生了重要作用。我們堅信，在今後的文明進程中，這一獨特的藝術形式，仍將發揮出巨大的力量。然而，在當代這個社會經濟高速發展、不同文化劇烈碰撞的時期，書法也遭遇前所未有的挑戰，這其間自有種種因素，而漢字書寫的退化，或許是書法之道出現踟躕不前窘狀的重要原因，因此，有識之士深感傳統文化有『迷失』、『式微』之虞。書法藝術的健康發展，有賴對中國文化、藝術真諦更深刻的體認，彙聚更多的力量做更多務實的工作，這是當今從事書法工作的專業人士責無旁貸的重任。

有鑒於此，上海書畫出版社以保存、傳播最優秀的書法藝術作品爲目的，承繼五十年出版傳統，出版了這套《中國碑帖名品》叢帖。該叢帖在總結本社不同時段字帖出版的資源和經驗基礎上，更加系統地觀照整個書法史的藝術進程，彙聚歷代尤其是今人對不同書體不同書家作品（包括新出土書迹）的深入研究，以書體遞變爲縱軸，以書家風格爲横綫，遴選了書法史上最優秀的書法作品彙編成一百册，再現了中國書法史的輝煌。

爲了更方便讀者學習與品鑒，本套叢帖在文字疏解、藝術賞評諸方面做了全新的嘗試，使文字記載、釋義的屬性與書法藝術造型、審美的作用相輔相成，進一步拓展字帖的功能。同時，我們精選底本，并充分利用現代高度發展的印刷技術，精心校核，原色印刷，效果幾同真迹，這必將有益於臨習者更準確地體會與欣賞，以獲得學習的門徑。披覽全帙，思接千載，我們希望通過精心編撰、系統規模的出版工作，能爲當今書法藝術的弘揚和發展，起到綿薄的推進作用，以無愧祖宗留給我們的偉大遺産。

上海書畫出版社

簡介

《曹全碑》，此碑全稱《漢郃陽令曹全碑》，又名《曹景完碑》。東漢靈帝中平二年（一八五）十月立，碑高二百七十二釐米，寬九十五釐米。碑陽二十行，行四十五字，碑陰題名五列。内容爲王敞記述曹全生平。此碑明萬曆初年在陝西省郃縣莘里村出土，出土時字畫完好，一字不缺，碑移至城内時，不慎下角碰損，『因』字右下半遂缺損。明末時大風折樹壓碑，自首行『商』至十九行『吏』斷裂一道。爲漢碑中少有之完好者。出土後曾移存郃陽縣孔廟東門内，一九五六年入藏西安碑林博物館第三室。是漢碑代表作品之一，爲漢隸成熟期飄逸秀麗一路的典型。

《曹全碑》存世最早拓本爲『因』字不損本，然所見『因』字不損本多椎拓不够精良，想必是剛出土未清洗之故。今選用之本爲王懿榮舊藏明拓未斷本，李文田、張祖翼題首，爲民國時古物同欣社及有正書局影印之底本。此本椎拓極精，殊爲難得，係首次原色全本影印。原本碑陰失拓，今以舊本補之。

君諱全字景完敦煌效穀人也其先蓋周之冑武王秉乾之機翦伐殷商既定爾勳福祿攸同封弟叔振鐸于曹國因
氏焉秦漢之際曹參夾輔王室世宗廓土斥竟子孫遷于雍州之郊分止右扶風或在安定或處武都或居隴西或家
敦煌枝分葉布所在為雄君高祖父敏舉孝廉武威長史巴郡朐忍令張掖居延都尉曾祖父述孝廉謁者金城長史
夏陽令蜀郡西部都尉祖父鳳孝廉張掖屬國都尉丞右扶風隃麋侯相金城西部都尉北地太守父琫少貫名州郡
不幸早世是以位不副德君童齔好學甄極毖緯無文不綜賢孝之性根生於心收養季祖母供事繼母先意承志存
亡之敬禮無遺闕是以鄉人為之諺曰重親致歡曹景完易世載德不隕其名及其從政清擬夷齊直慕史魚歷郡右
職上計掾史仍辟涼州常為治中別駕紀綱萬里朱紫不謬出典諸郡彈枉糾邪貪暴洗心同僚服德遠近憚威建寧
二年舉孝廉除郎中拜西域戊部司馬時疏勒國王和德弒父篡位不供職貢君興師征討有吮膿之仁分醪之惠攻
城野戰謀若涌泉威牟諸賁和德面縛歸死還師振旅諸國禮遺且二百萬悉以薄官遷右扶風槐里令遭同產弟憂
棄官續遇禁冈潛隱家巷七年光和六年復舉孝廉七年三月除郎中拜酒泉祿福長訞賊張角起兵幽冀兗豫荊楊
同時並動而縣民郭家等復造逆亂燔燒城寺萬民騷擾人裹不安三郡告急羽檄仍至于時聖主諮諏群僚咸曰君
哉轉拜郃陽令收合餘燼芟夷殘迸絕其本根遂訪故老商量儁乂王敞王畢等恤民之要存慰高年撫育鰥寡以家
錢糴米粟賜癃盲大女桃婓等合七首藥神明膏親至離亭部吏王宰程橫等賦與有疾者咸蒙瘳悛惠政之流甚於
置郵百姓繈負反者如雲戢治廧屋市肆列陳風雨時節歲獲豐年農夫織婦百工戴恩縣前以河平元年遭白茅谷
水災害退於戌亥之間興造城郭是後舊姓及脩身之士官位不登君乃閔緍紳之徒不濟開南寺門承望華嶽鄉明
而治庶使學者李儒欒規程寅等各獲人爵之報廓廣聽事官舍廷曹廊閣升降揖讓朝覲之階費不出民役不干時
門下掾王敞錄事掾王畢主簿王歷戶曹掾秦尚功曹史王顓等嘉慕奚斯考甫之美乃共刊石紀功其辭曰
懿明后德義章貢王庭征鬼方威布烈安殊巟還師旅臨槐里感孔懷赴喪紀嗟逆賊燔城市特受命理殘圮芟不臣
寧黔首繕官寺開南門闕嵯峨望華山鄉明治惠沾渥吏樂政民給足君高升極鼎足
中平二年十月丙辰造

【碑陽】

處士河東皮氏岐茂孝才二百
縣三老商量伯祺五百
鄉三老司馬集仲裳五百
徵博士李儒文優五百
故門下祭酒姚之辛卿五百
故門下掾王敞元方千
故門下議掾王畢世異千
故督郵李諲伯嗣五百
故督郵楊動子豪千
故將軍令史董溥建禮三百
故郡曹史守丞馬訪子謀
故郡曹史守丞楊榮長孳
故鄉嗇夫曼駿安雲
故功曹任午子流
故功曹曹屯定吉
故功曹王河孔達
故功曹王吉子僑
故功曹王時孔良五百
故功曹王獻子上
故功曹秦尚孔都千
故功曹王衡道興
故功曹楊休當女五百
故功曹王衍文珪
故功曹秦杼漢都千
捷
故功曹王翊子弘
故功曹杜安元進
萌仲謀
元
故郡書掾姚閔升臺
故市掾王尊文意
故市掾杜靖彥淵
故主簿鄧化孔彥
故門下賊曹王翊長河
故賊曹史王授文博
故金曹史精暘文亮
故集曹史柯相文舉千
故賊曹史趙福文祉
故法曹史王敢文國
故塞曹史杜苗幼始
故塞曹史吳產孔才五百
部掾趙炅文高
曹史高廉吉
故市掾王理建和
故市掾成播曼舉
故市掾楊則孔則
故市掾程璜孔休
故市掾扈安子安千
故市掾高頁顯和千
故市掾王玻季晦
故門下史秦並靜先
義士河東安邑劉政元方千
義士侯褒文憲五百
義士潁川臧就元就五百
義士安平祁博季長二百
【碑陰】

漢郃陽令曹全碑

中平二年十月丙辰造

廉生編修藏明搨未斷本李文田題

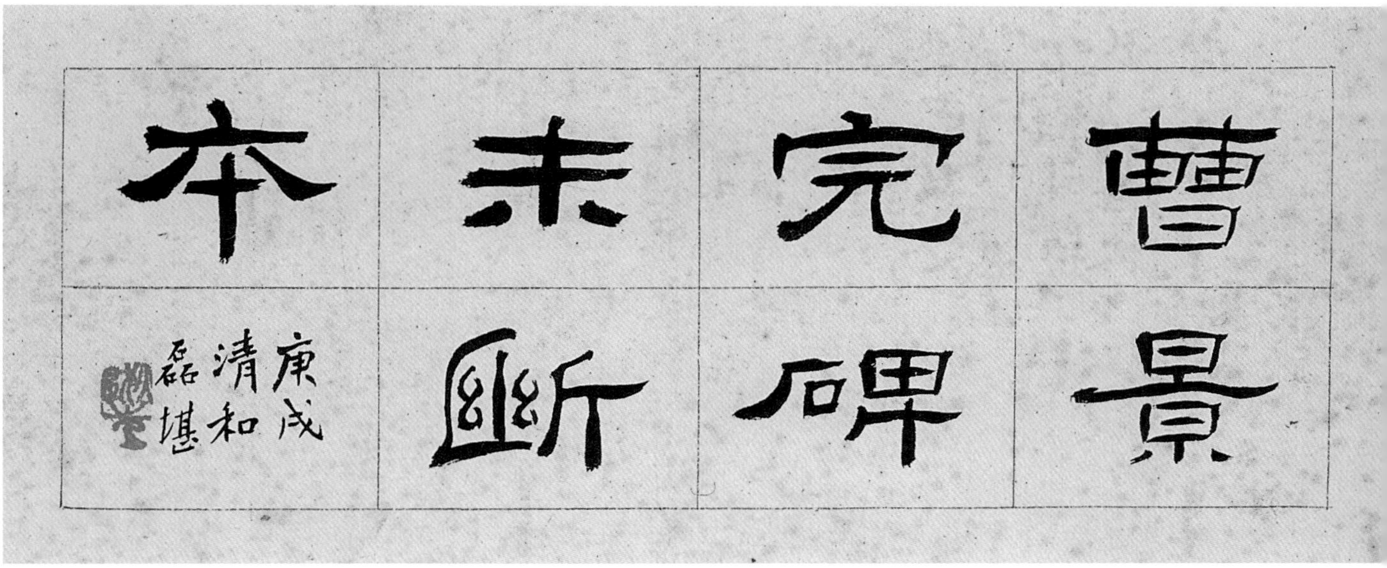
曹景完碑未断本
庚戌清和
磊堪

敦煌郡效穀縣：西漢置，治所在今甘肅敦煌市東北四十里郭家堡鄉墩灣村。

胄：後裔。

君諱全字景完
敦煌效穀人也
其先蓋周之胄

【碑陽】君諱全，字景完，／敦煌效穀人也。／其先蓋周之胄，／

秉乾之機：秉受天機。乾：指天。

翦伐：討伐。翦：同剪，剪滅，剪除。

攸：所。

同：聚。

武王秉乾之機，／翦伐殷商，既定／爾勳，福禄攸同，／

叔振鐸：周文王第六子。周武王克商後，封叔振鐸於曹邑，爲曹伯，建曹國，稱爲曹叔振鐸。故地在今山東省菏澤、定陶、曹縣一帶，都於陶丘。公元前四八七年爲宋景公所滅，叔振鐸的後代就以曹爲姓。此爲曹姓來源之一。

曹參：漢初沛人，輔佐劉邦平定天下，封平陽侯，繼蕭何爲相，沿襲蕭何之制，史稱『蕭規曹隨』。傳見《漢書》卷三九《曹參傳》。

封弟叔振鐸于／曹國，（因）氏焉。秦／漢之際，曹參夾／

夾輔：輔佐。

世宗：漢武帝的廟號。

斥：開拓。竟，『境』的古字。廓土斥竟，開拓疆土。

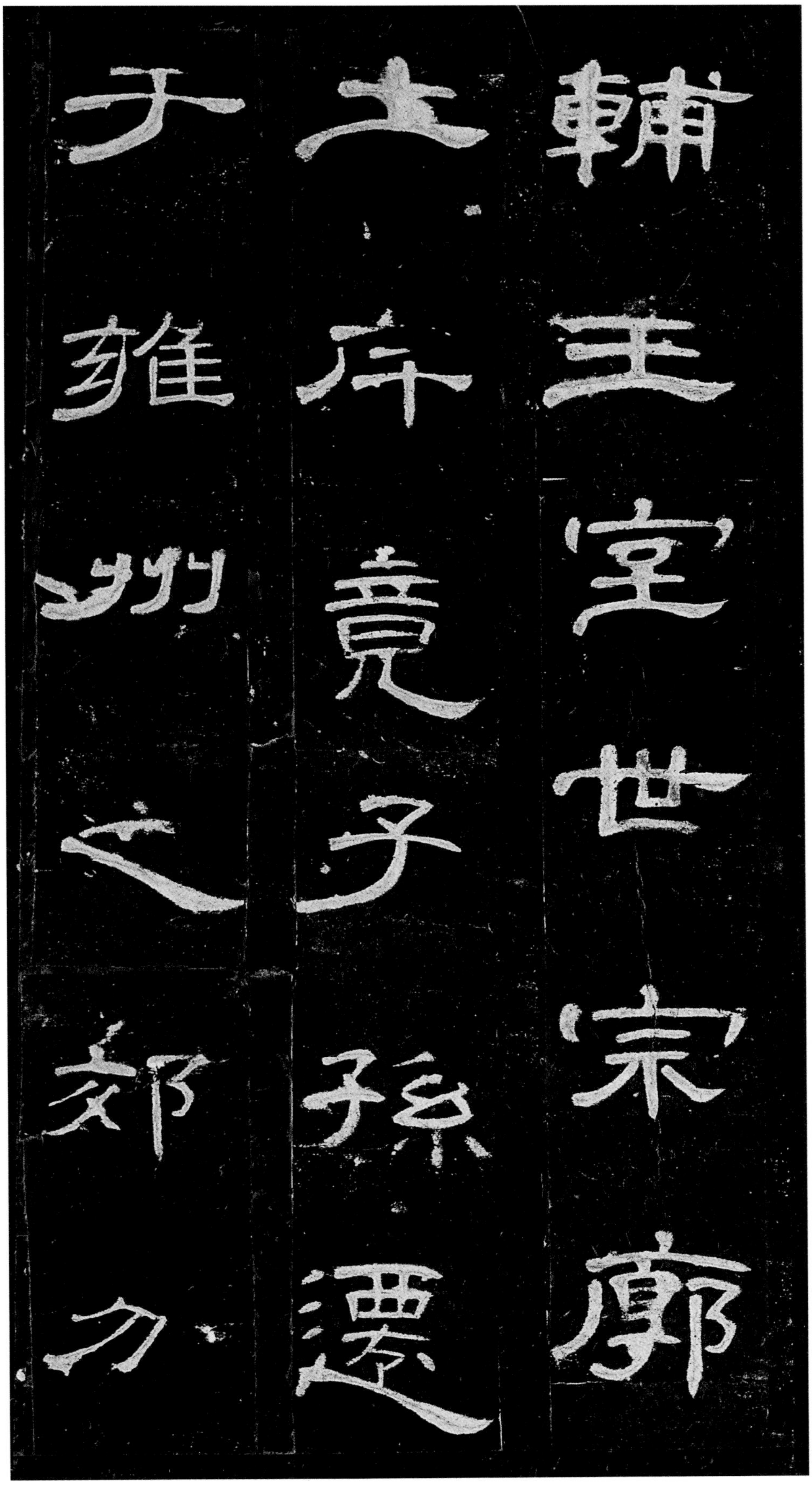

輔王室。世宗廓／土斥竟，子孫遷／于雍州之郊，分／

右扶風：與京兆尹、左馮翊并稱三輔。

安定、武都、隴西、敦煌：均爲西漢所置郡名，東漢時均屬凉州刺史部，在今甘肅、寧夏一帶。

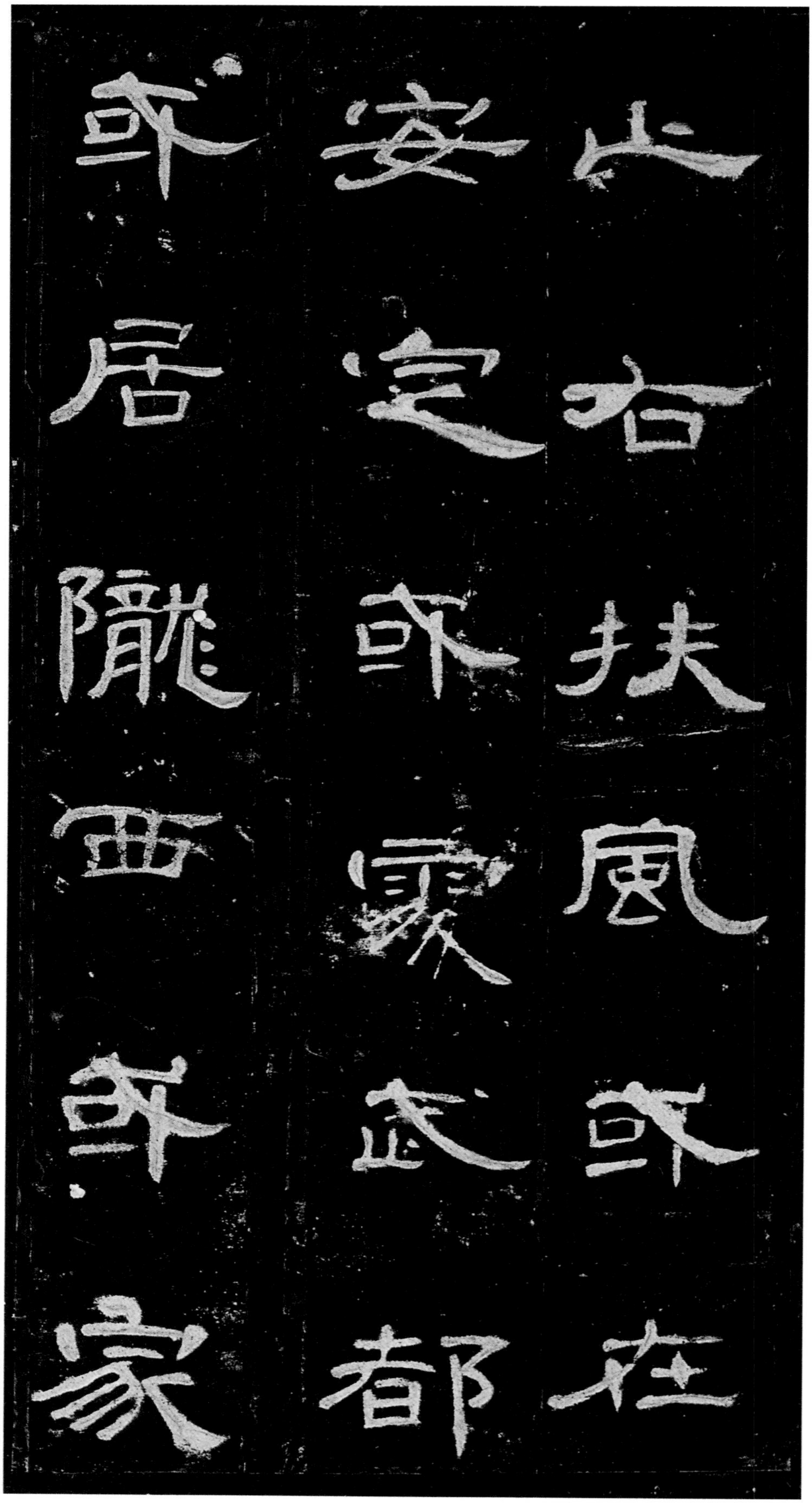

止右扶風，或在／安定，或處武都，／或居隴西，或家／

孝廉：漢代選拔官吏的兩種科目。孝，指孝子；廉，指廉潔之士。在東漢爲求仕者必由之途，後往往合爲一科。

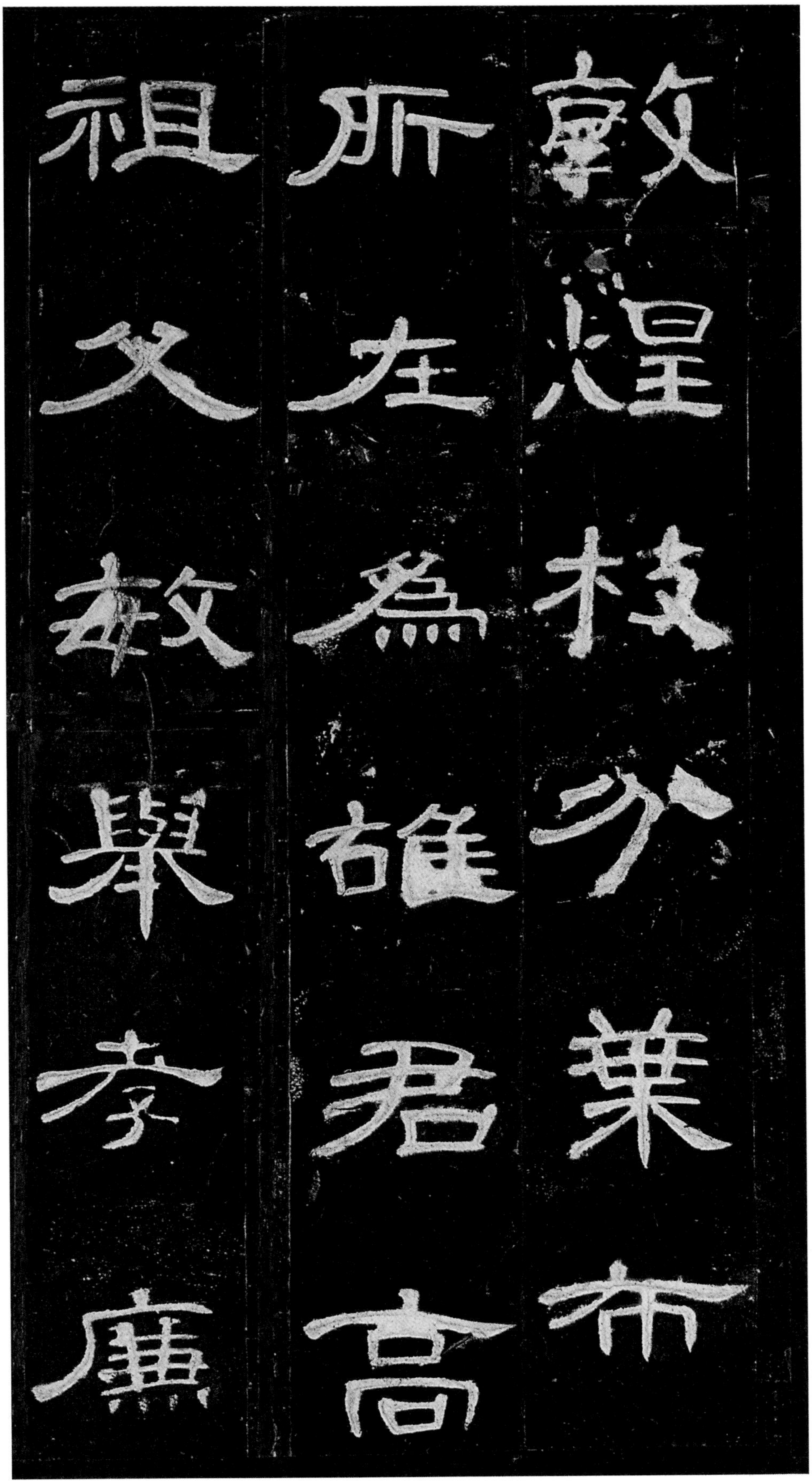

敦煌。枝分葉布，/所在爲雄。君高/祖父敏，舉孝廉，/

武威：武威郡。

長史：邊境郡守的屬官，相當於郡丞。

朐忍縣：屬巴郡，治所在今重慶市雲陽縣東三壩鄉。漢制，縣萬户以上爲令，不足萬户爲長。

張掖居延都尉：即張掖居延屬國都尉。《後漢書·郡國志》，張掖居延屬國，屬涼州刺史部。屬國都尉，管理屬國事務的行政長官。西漢武帝元狩三年（公元前一二〇）置五屬國於西北邊境，安置内附匈奴族。《後漢書·百官志》：『每屬國置都尉一人，比二千石，丞一人。』本注曰：『（武帝）又置屬國都尉，主蠻夷降者。』

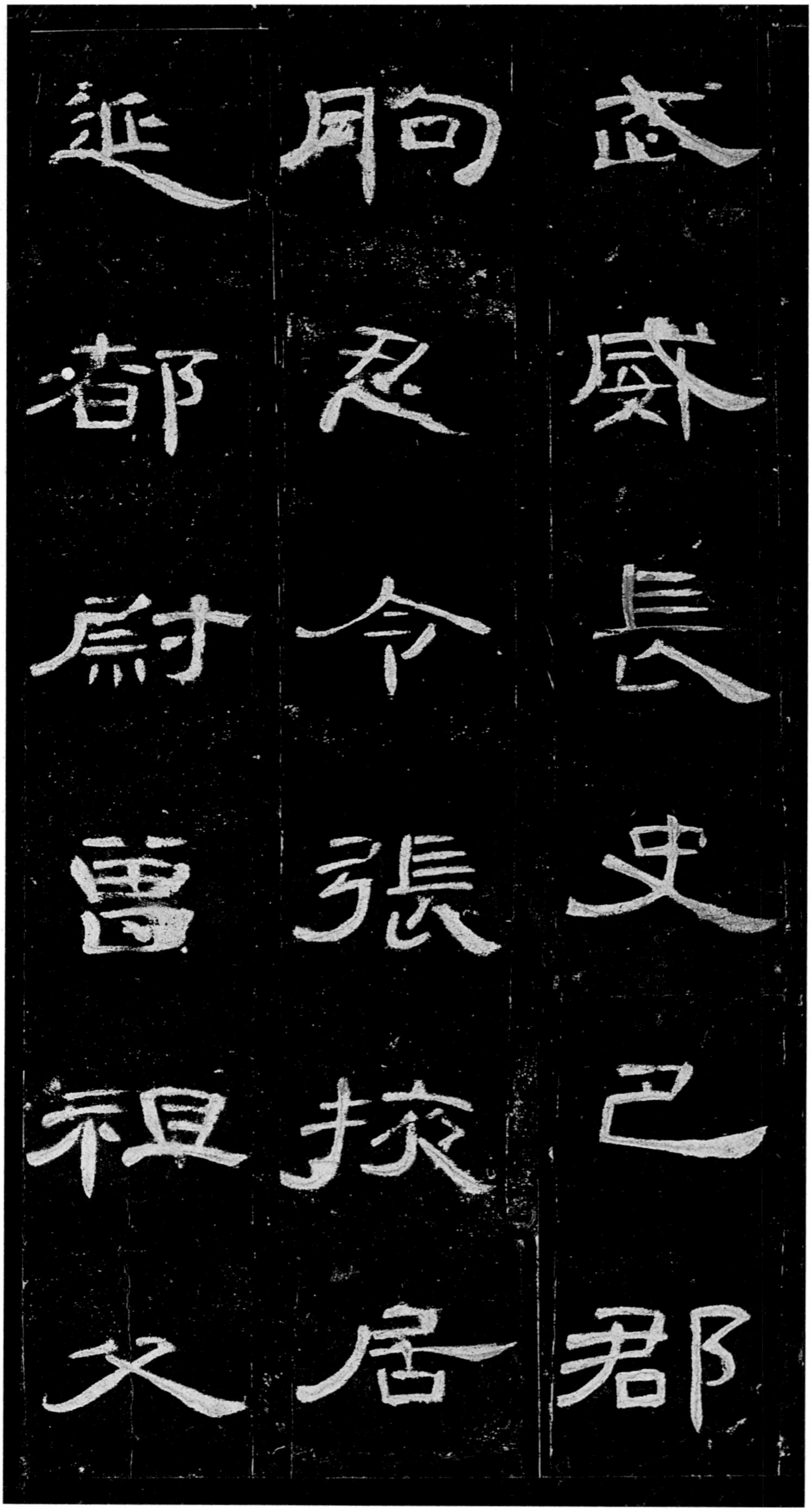

武威長史、巴郡/朐忍令、張掖居/延都尉。曾祖父/

謁者：掌殿上威儀、賓贊等職的官員。

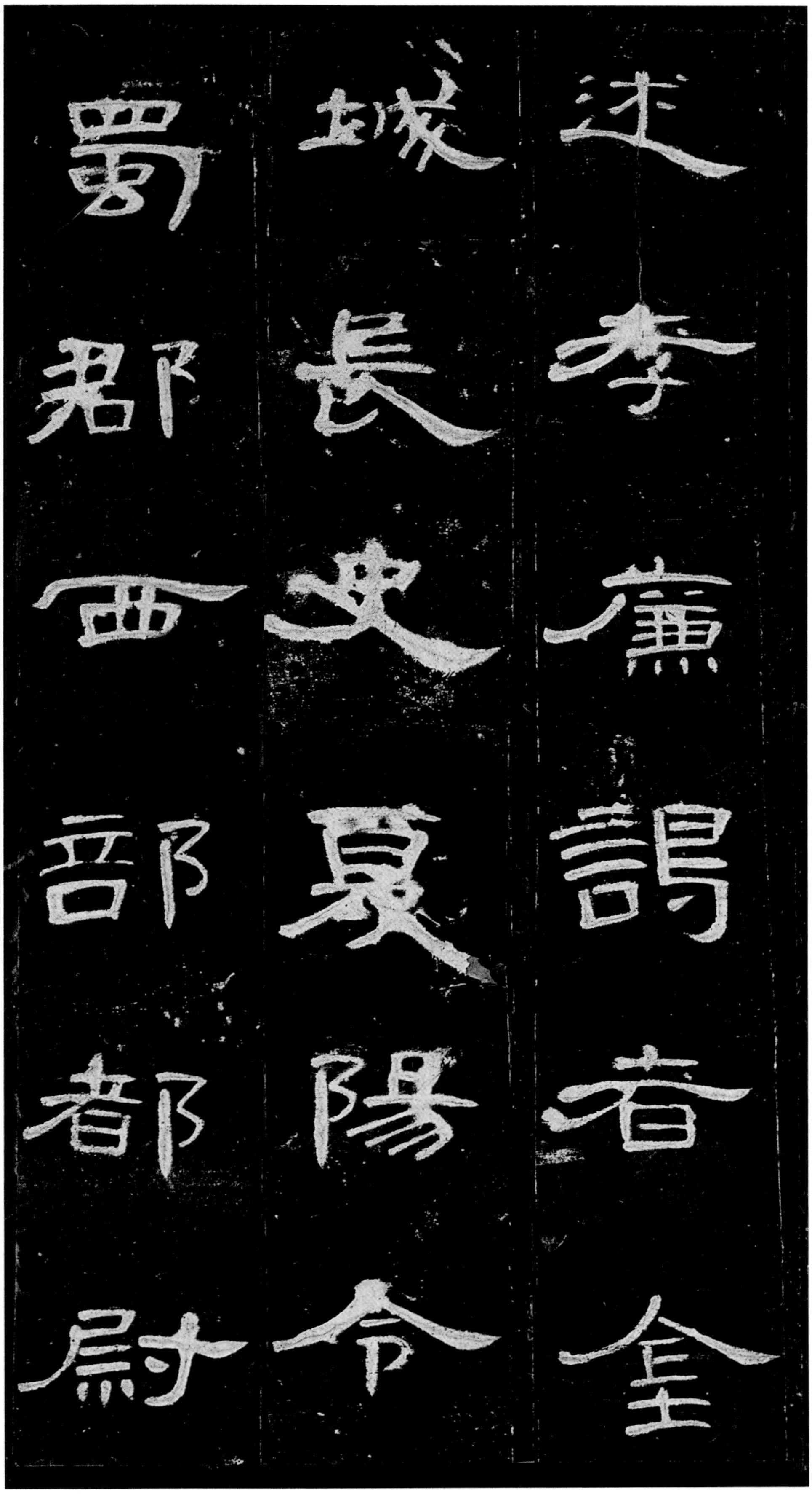

述，孝廉，謁者、金／城長史、夏陽令、／蜀郡西部都尉。／

鳳：曹鳳，字仲理，爲北地太守，政化尤異，黄龍應於九里谷高岡亭，角長三尺，大十圍，梢至十餘丈，天子嘉之，賜帛百匹，加秩中二千石。

隃麋：縣名，屬右扶風。故地在今陝西千陽東。東漢時，隃麋爲侯國。

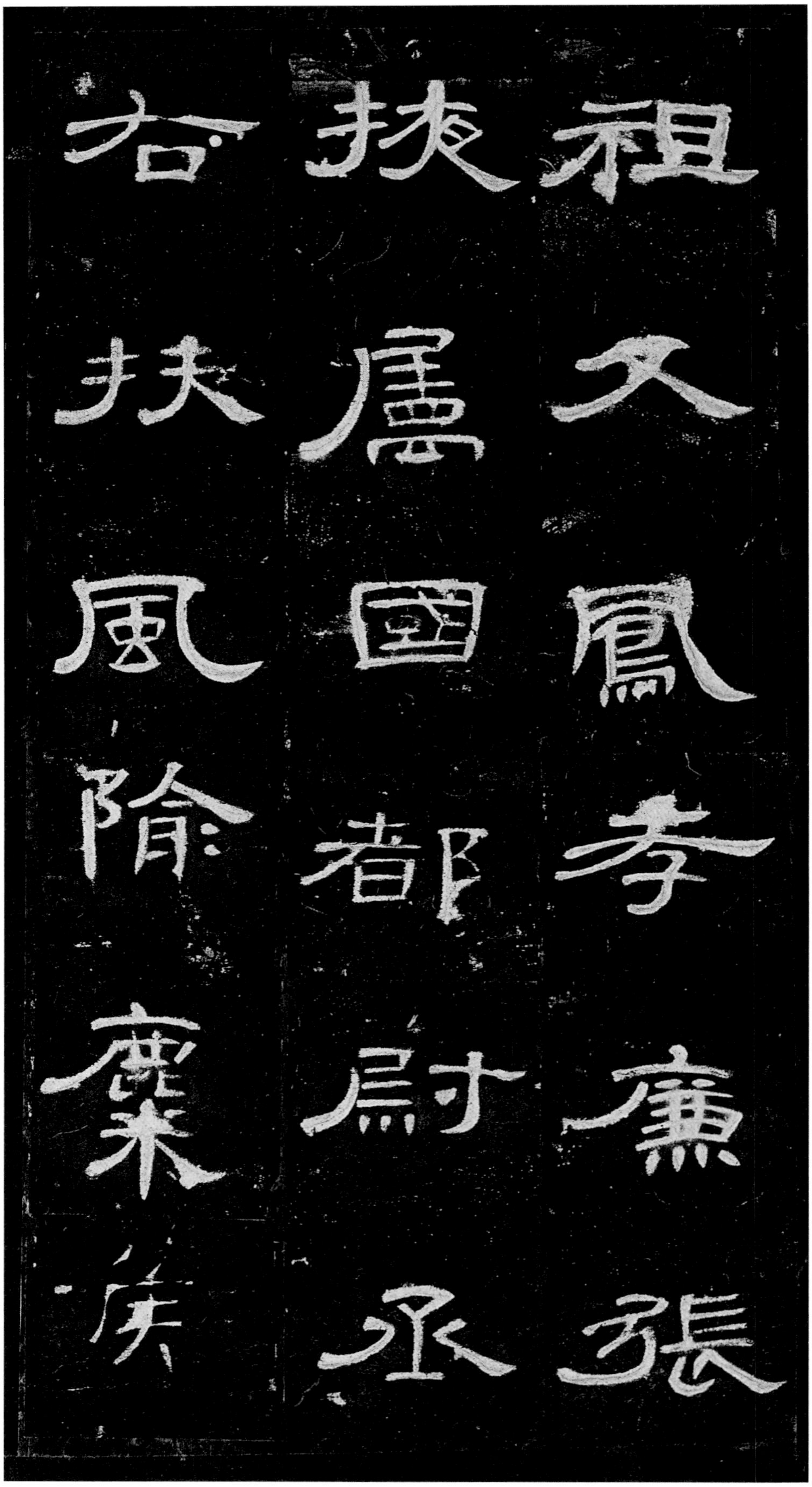

祖父鳳，孝廉，張／掖屬國都尉丞、／右扶風隃麋侯／

侯相：侯國的行政長官。《後漢書·百官志》：『列侯所食縣爲侯國。……每國置相一人，其秩各如本縣。』本注曰：『主治民，如令、長，不臣也。但納租於侯，以戸數爲限。』

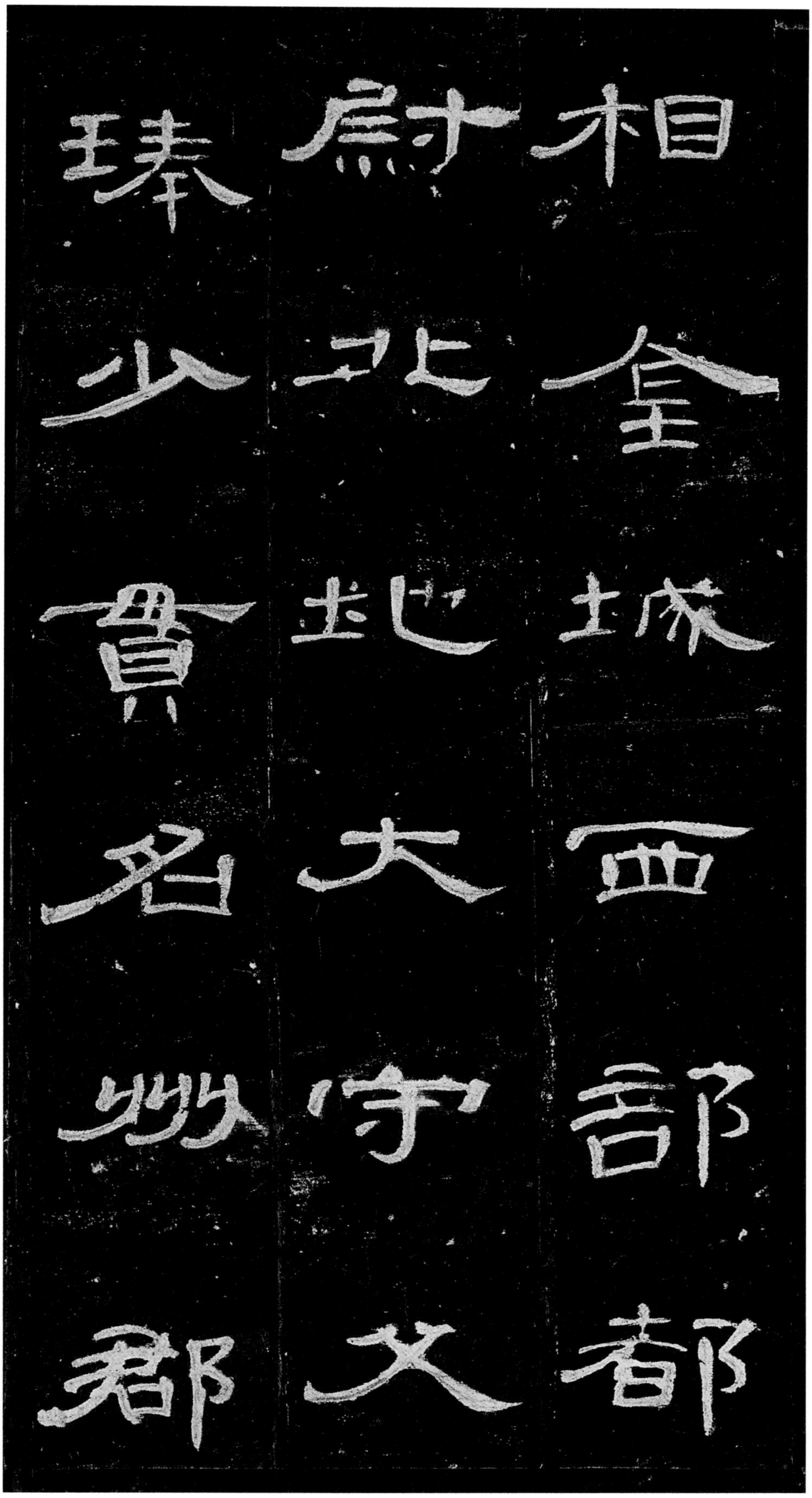

相、金城西部都／尉、北地太守。父／琫，少貫名州郡，／

早世：早年去世。

童齔：童年。齔：指兒童換牙。

甄極：甄別研究。

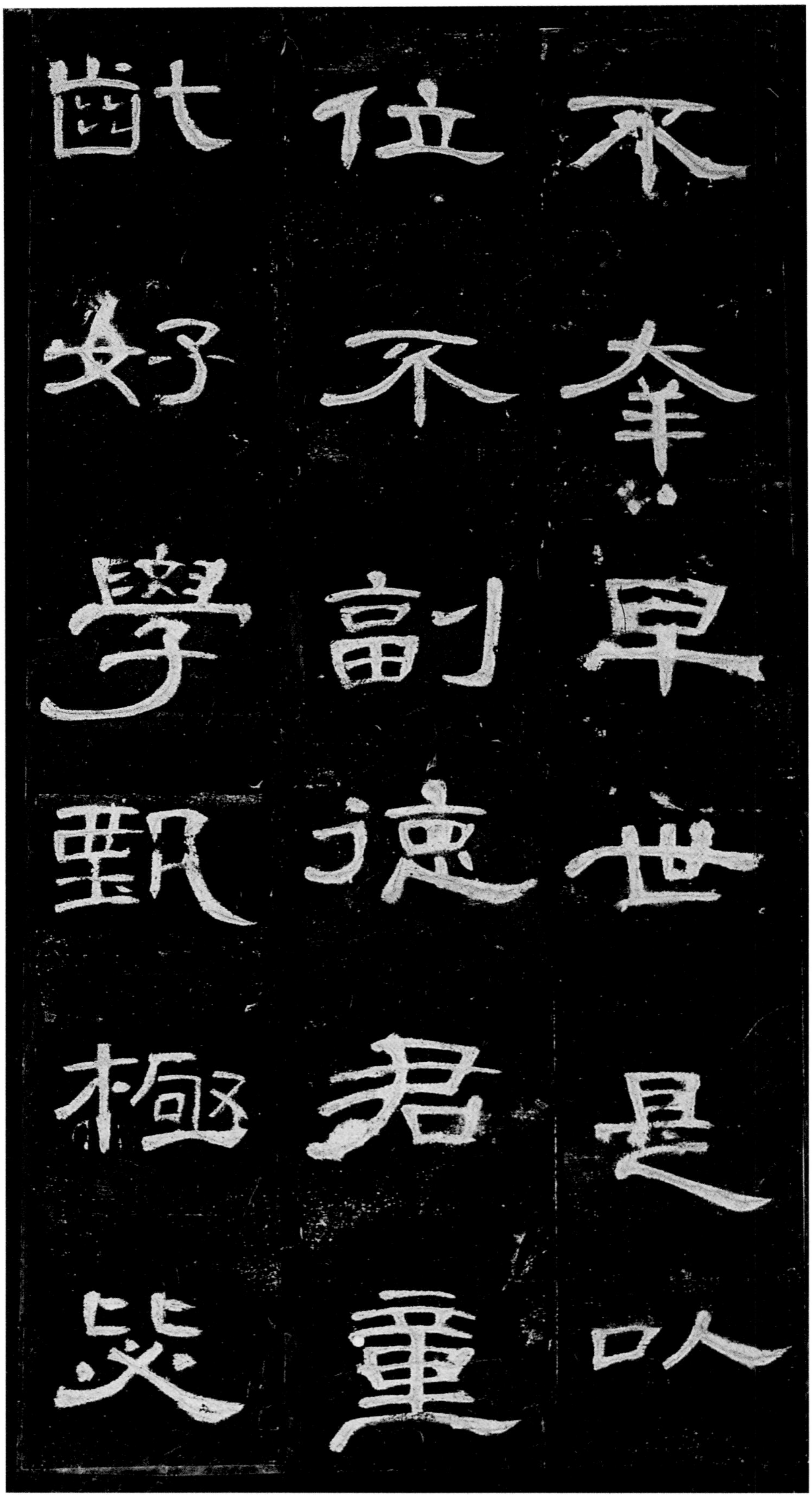

不幸早世，是以／位不副德。君童／齔好學，甄極毖／

毖：通『秘』。

秘緯：記述神秘事物之書，讖緯之書，是具有迷信色彩的經學著作。

季祖母：有兩種解釋，一指祖父之妾；又指叔祖母，清梁章鉅《稱謂録》：『古稱叔父爲季父，叔母爲季母，知此爲叔祖母矣。』

緯，無文不綜。賢〳孝之性根生於〳心，收養季祖母，〳

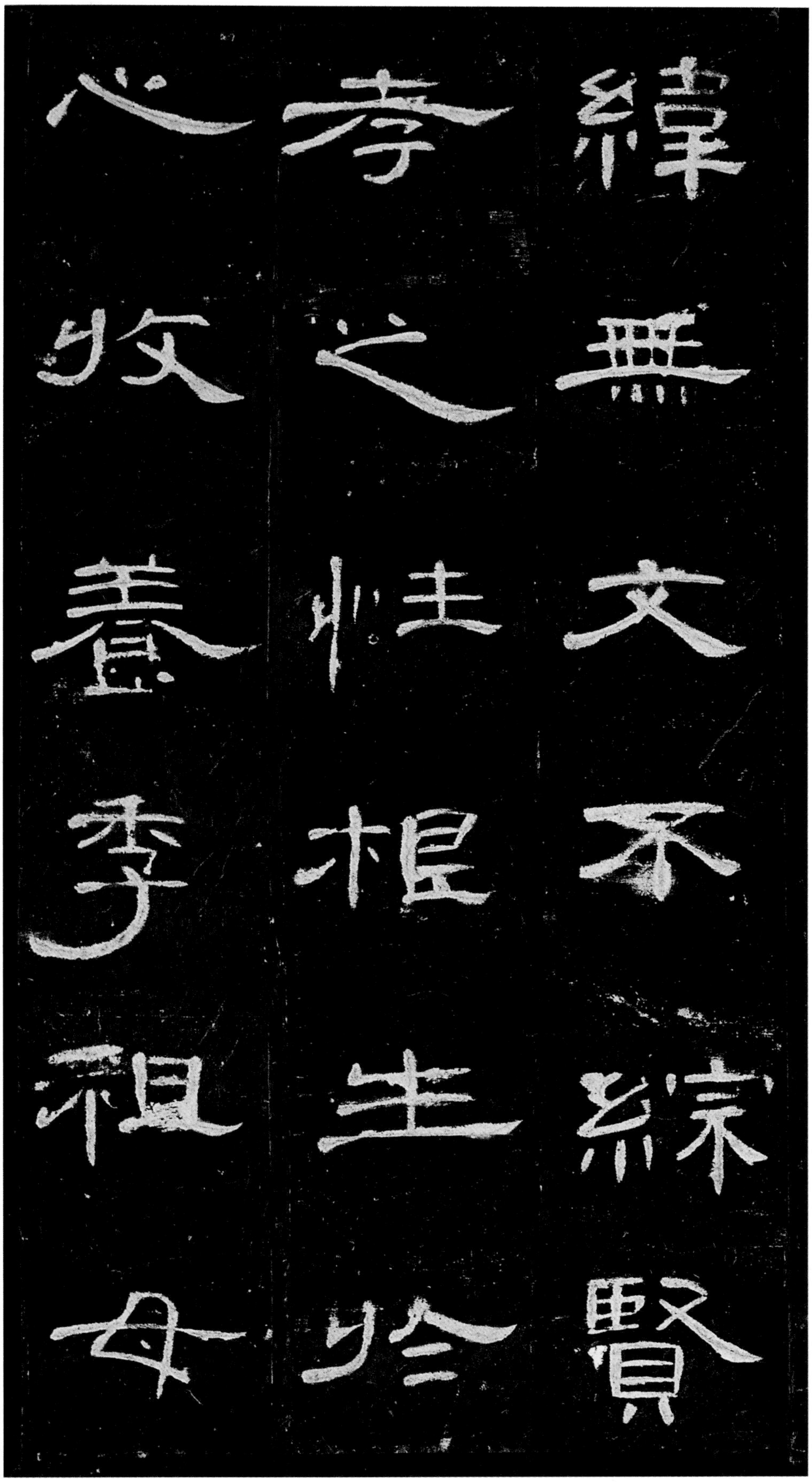
緯無文不綜賢
孝之性根生於
心收養季祖母

先意承志：預知父母之意，順其意而行事，這是古人孝道的表現。《禮記·祭義》：『君子之所爲孝者，先意承志，諭父母于道。』

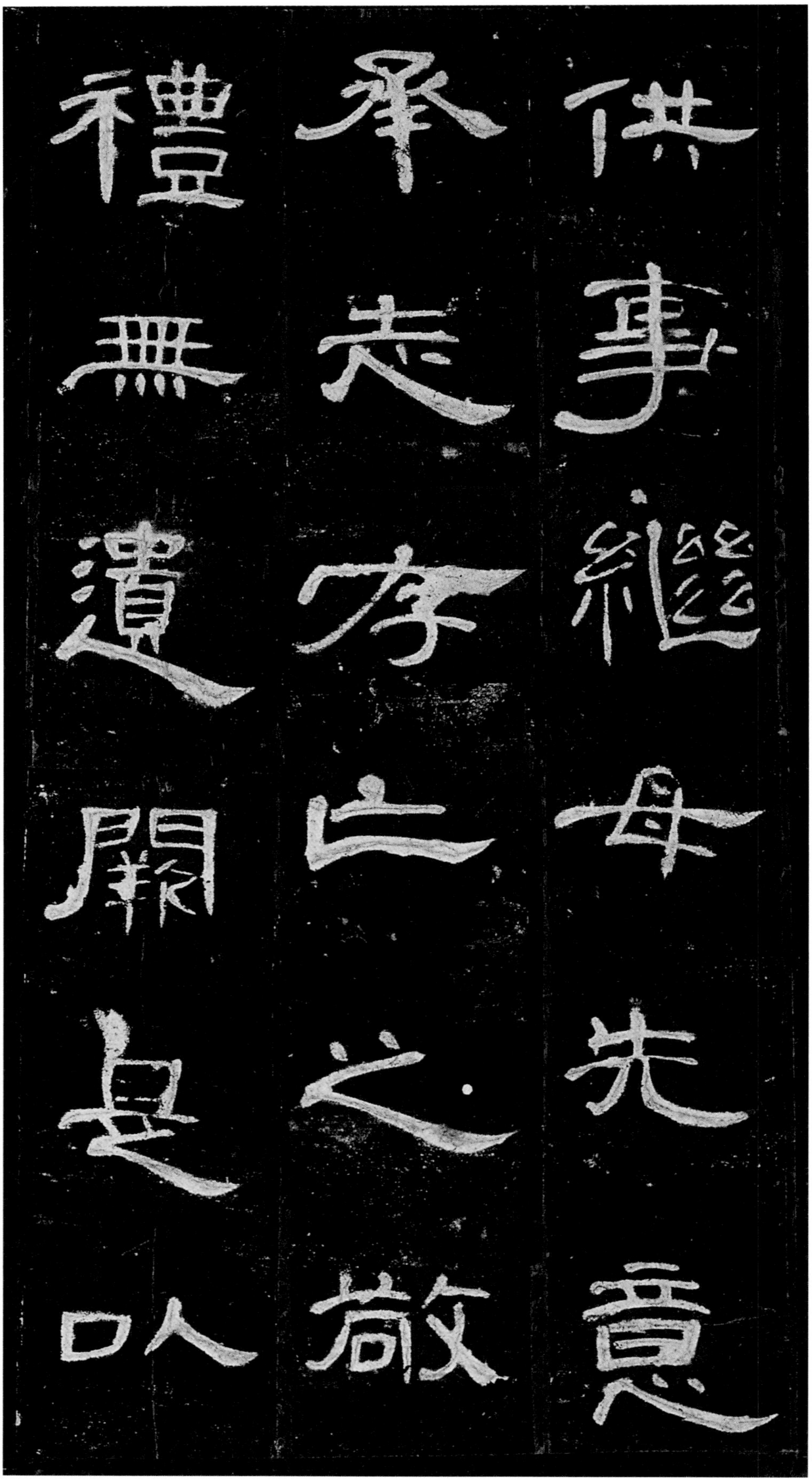

供事繼母，先意／承志，存亡之敬，／禮無遺闕。是以／

重親致歡：重視孝道，使父母歡愉。

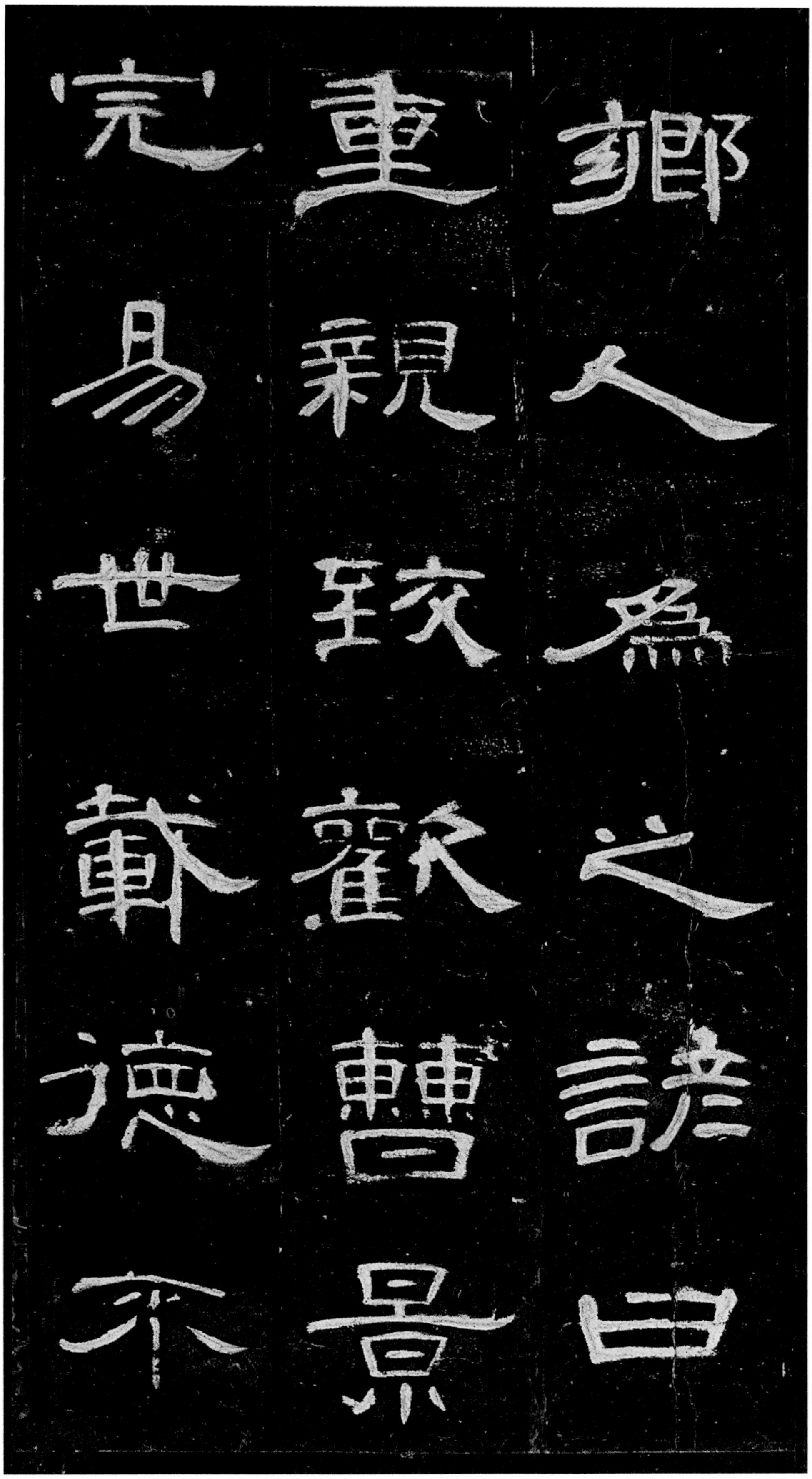

鄉人爲之諺曰：〈『重親致歡曹景〈完。』易世載德，不〈

夷齊：伯夷、叔齊，商末孤竹君之二子。相傳其父孤竹君遺命要立次子叔齊爲繼承人，孤竹君死後叔齊讓位給伯夷，伯夷不受，叔齊也不願登位，先後都逃到周國。周武王伐紂，二人叩馬諫阻。武王滅商後，他們恥食周粟，采薇而食，餓死於首陽山。

史魚：春秋衛靈公大夫，以正直敢諫著名。

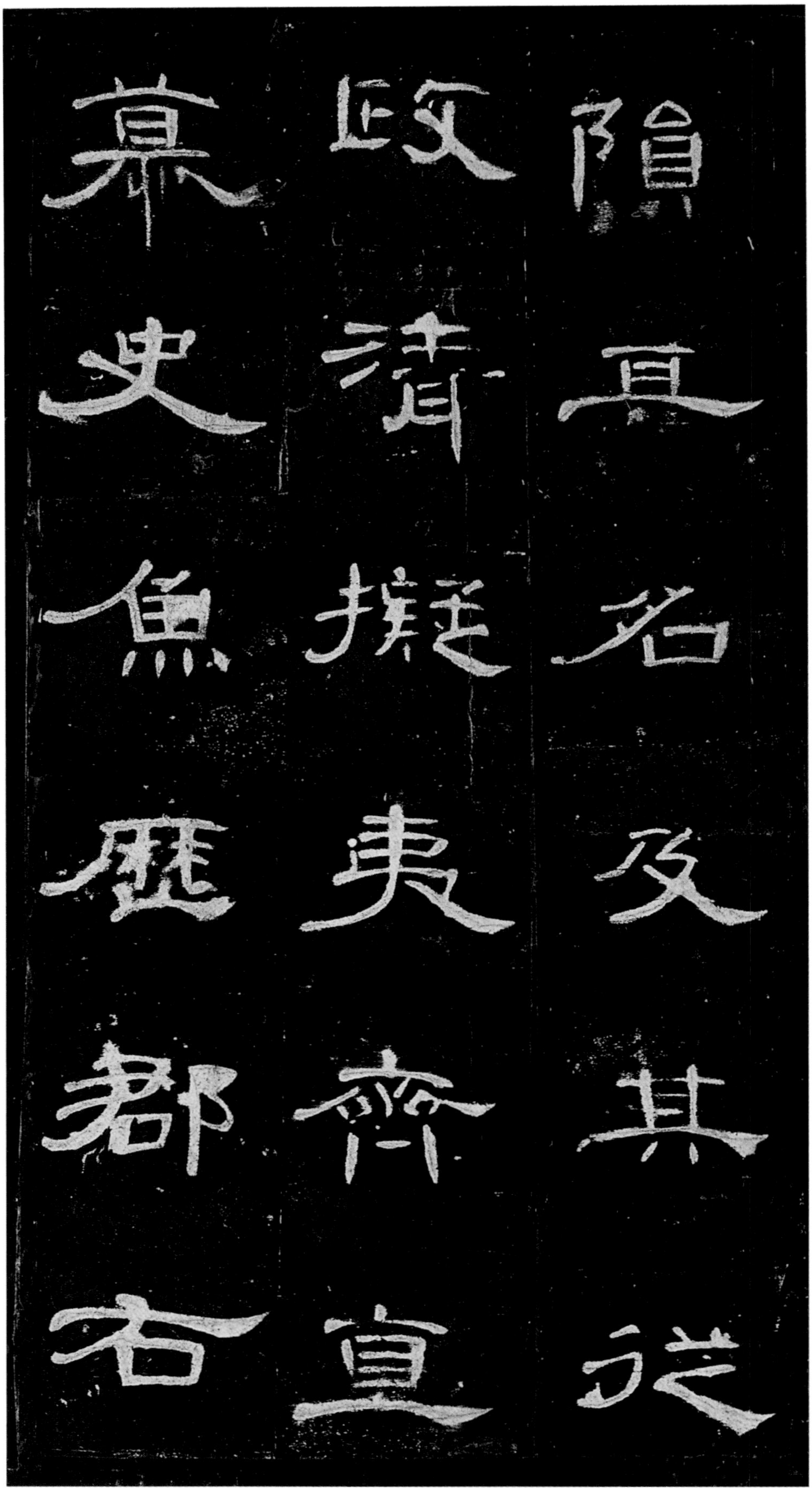

隕其名。及其從／政，清擬夷齊，直／慕史魚，歷郡右／

右職：高職。古人以右爲尊。

上計掾史：郡國每年派遣往京師奏事的官員。《後漢書·百官志》：『凡郡國皆掌治民……歲盡，遣吏上計。』

常：通『嘗』，曾經。

治中、別駕：均爲州刺史的佐吏。

紀綱：綱領法度。此處用作動詞，相當於整頓綱紀。

職，上計掾史，仍／辟涼州，常爲治／中、別駕，紀綱萬／

朱紫不謬：意爲明辨是非。典出《論語·陽貨》：『惡紫之奪朱也。』何晏集解引孔安國曰：『朱，正色；紫，間色之好者。惡其邪好而奪正色。』後以『朱紫』喻正與邪、是與非、善與惡。

里，朱紫不謬。出/典諸郡，彈枉糾/邪，貪暴洗心，同/

建寧：東漢靈帝劉宏年號，建寧二年爲一六九年。

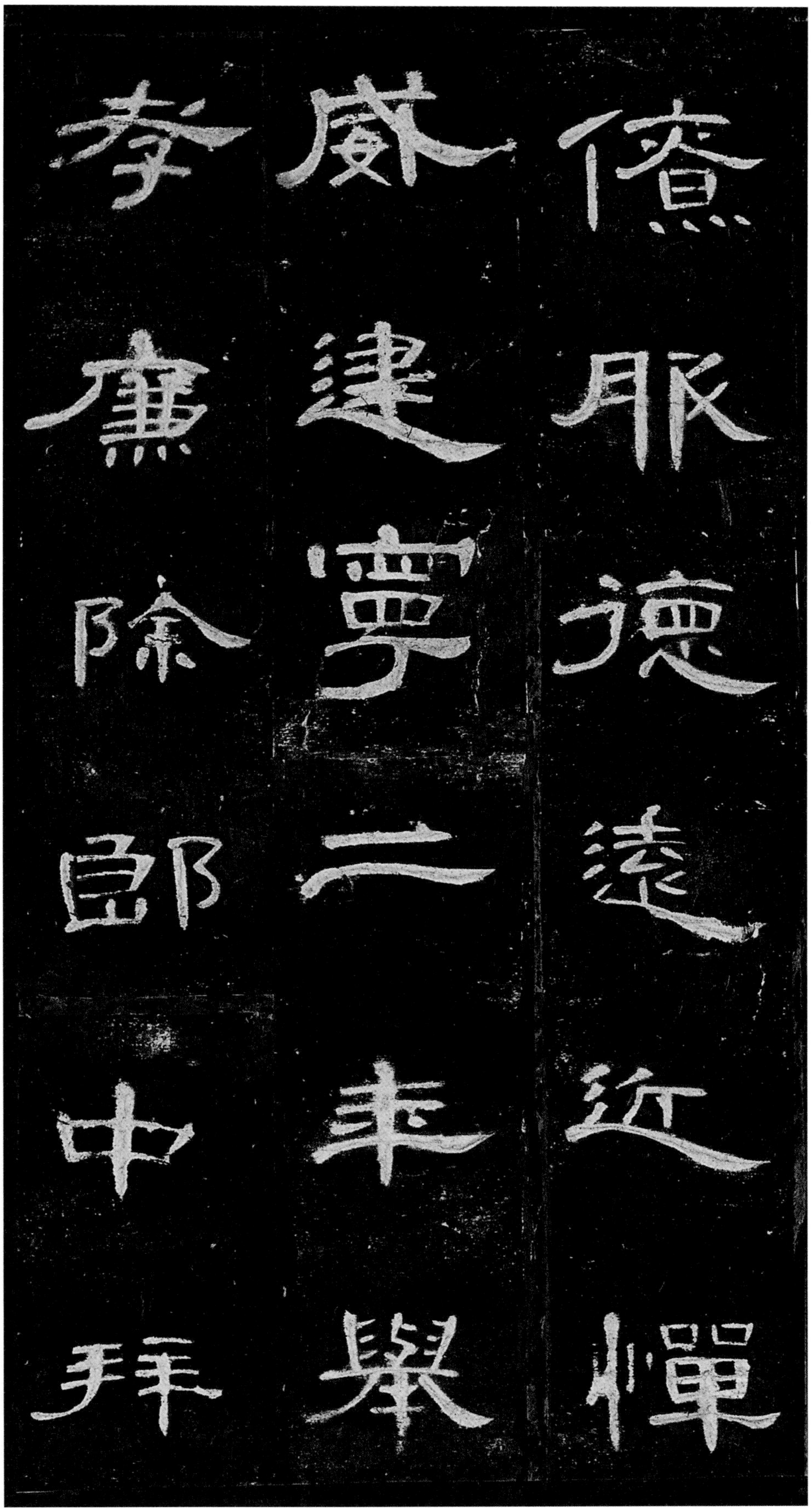

僚服德，遠近憚／威。建寧二年，舉／孝廉，除郎中，拜／

戊部司馬：戊部校尉的屬官。《後漢書》卷八八《西域傳》：『元帝又置戊己二校尉，屯田於車師前王庭。』李賢注：『《漢官儀》曰：「戊己中央，鎮覆四方，又開渠播種以爲厭勝，故稱戊己焉。」車師有前王、後王國也。』和帝以後，只設戊部校尉一官。校尉有丞、司馬各一人。

疏勒：古西域諸國之一。王莽時稱世善，唐名佉沙。在今新疆維吾爾自治區喀什市一帶。其治疏勒城，即今疏勒縣。

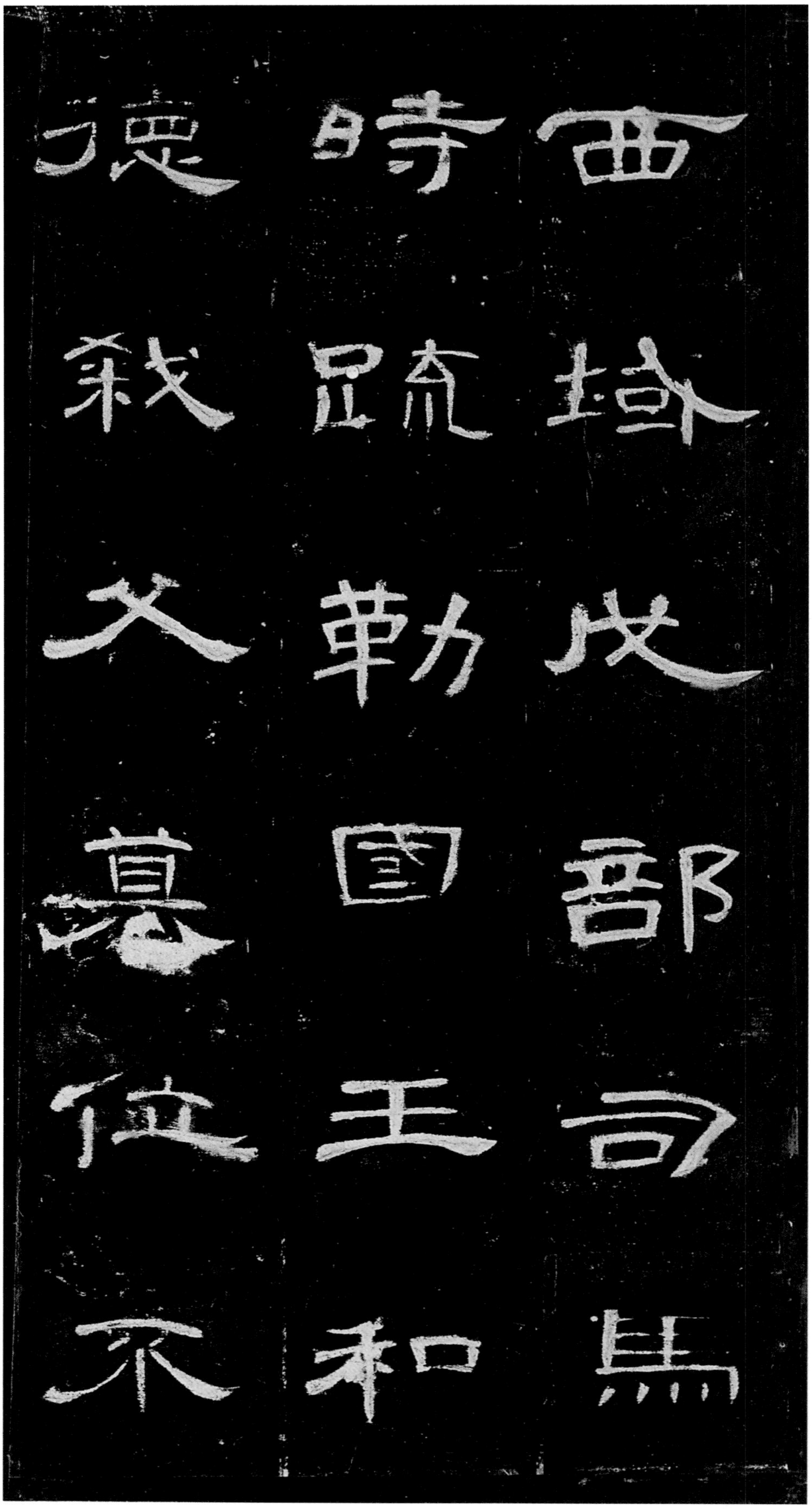

西域戊部司馬。／時疏勒國王和／德，弑父篡位，不／

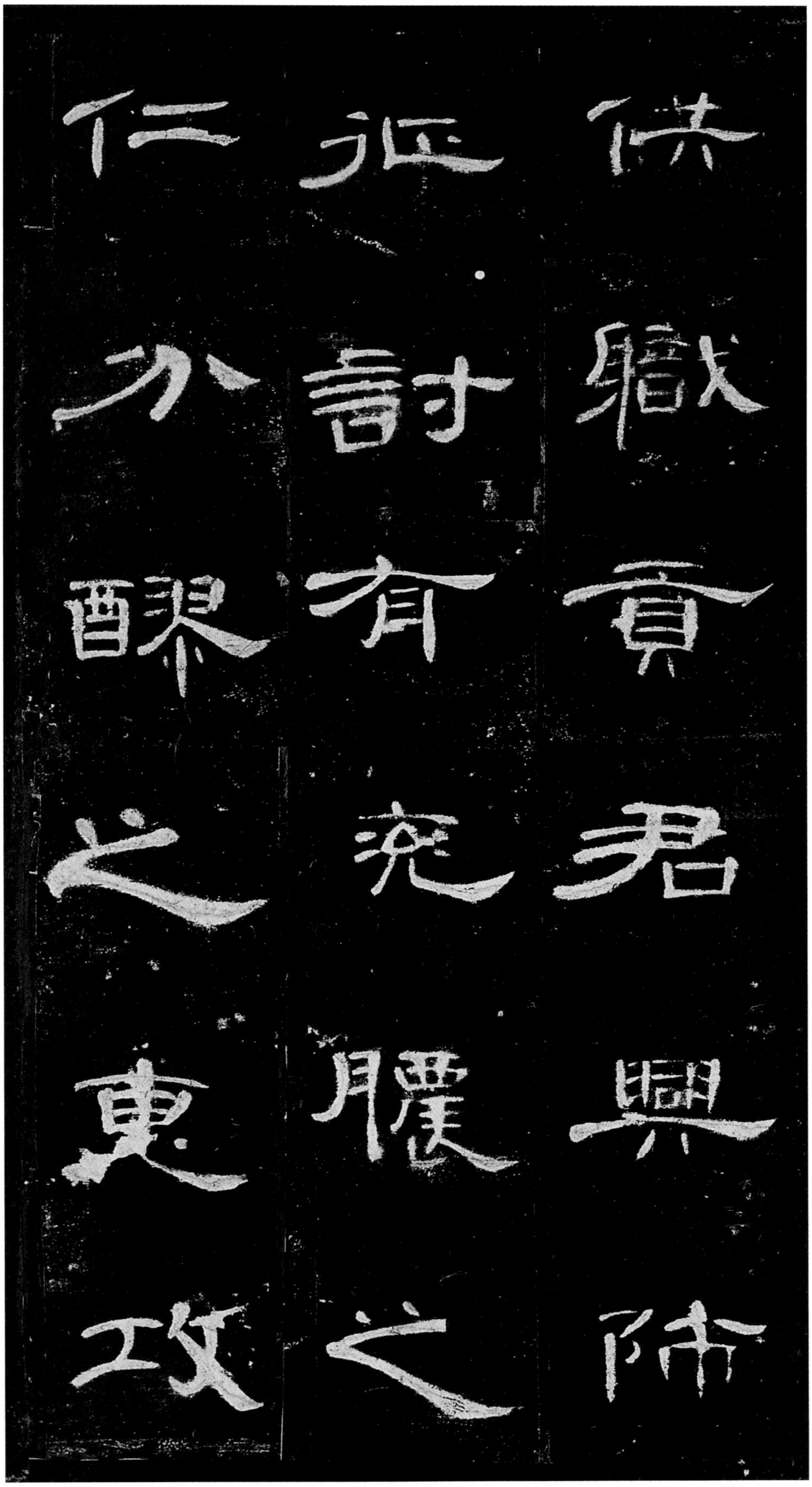

供職貢，君興師／征討，有究膿之／仁，分醪之惠。攻／

究：通『吮』。吮膿，戰國時吴起爲患瘡的士兵吮吸膿汁。事見《史記》卷六五《孫子吴起列傳》：『起之爲將，與士卒最下者同衣食。卧不設席，行不騎乘，親里赢糧，與士卒分勞苦。卒有病疽者，起爲吮之。卒母聞而哭之。人曰：「子，卒也，而將軍自吮其疽，何哭爲？」母曰：「非然也。往年吴公吮其父，其父戰不旋踵，遂死於敵。吴公今又吮其子，妾不知其死所矣。是以哭之。」』

分醪：見《太平御覽·飲食部·酒下》引《黄石公記》曰：『昔者良將用兵，人有饋一單醪者，使投之於河，令將士迎流而飲之。夫一單醪不能味一河水，三軍思爲之死，非滋味及之也。』

諸貢：即虎賁，勇士之稱。

面縛：縛手於後，面朝前，指被俘。

城野戰，謀若涌／泉，威牟諸貢，和／德面縛歸死。還／

薄：此同『簿』。此處用作動詞，指登記入簿。

師振旅，諸國禮∕遺，且二百萬，悉∕以薄官。遷右扶∕

同産弟：同母弟。

憂：喪。

冈：『綱』的古字。

風槐里令，遭同／産弟憂，棄官。續／遇禁冈，潛隱家／

光和六年：一八三年。

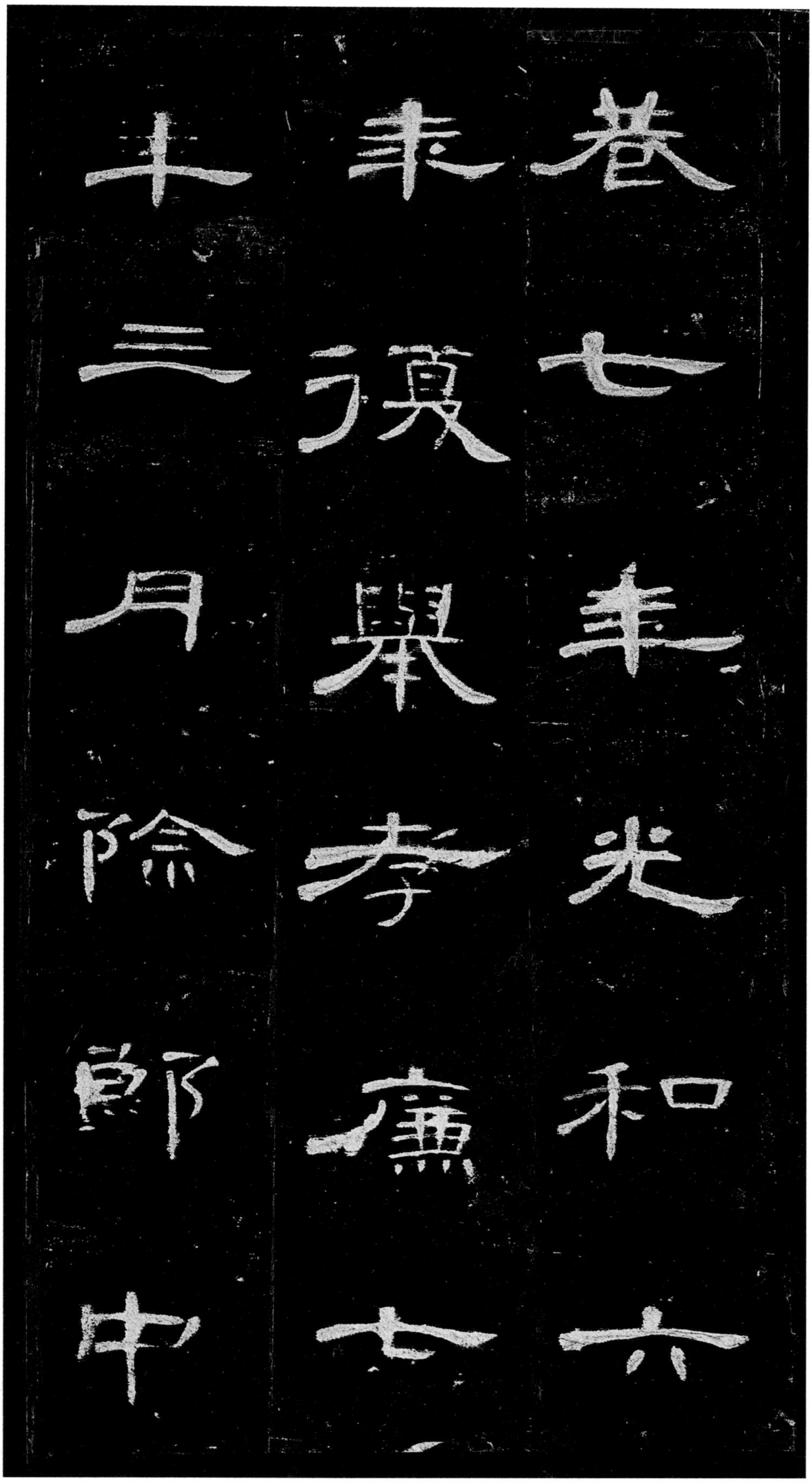

巷七年。光和六／年，復舉孝廉。七／年三月，除郎中，／

禄福：酒泉郡禄福縣。《後漢書·郡國志》作『福禄』。《漢書·地理志》作『禄福』。當以『禄福』爲正。改爲『福禄』在晋以後，《後漢書》所誤。

張角：漢末黄巾起義首領。他創太平道，以治病爲名，收徒衆數十萬人，遍布幽州、冀州、兗州、豫州、荊州、揚州等八州。中平元年（一八四）起義，義軍皆頭戴黄巾，名黄巾軍，史稱『黄巾起義』。

訞賊：是統治階級對起義軍的蔑稱。

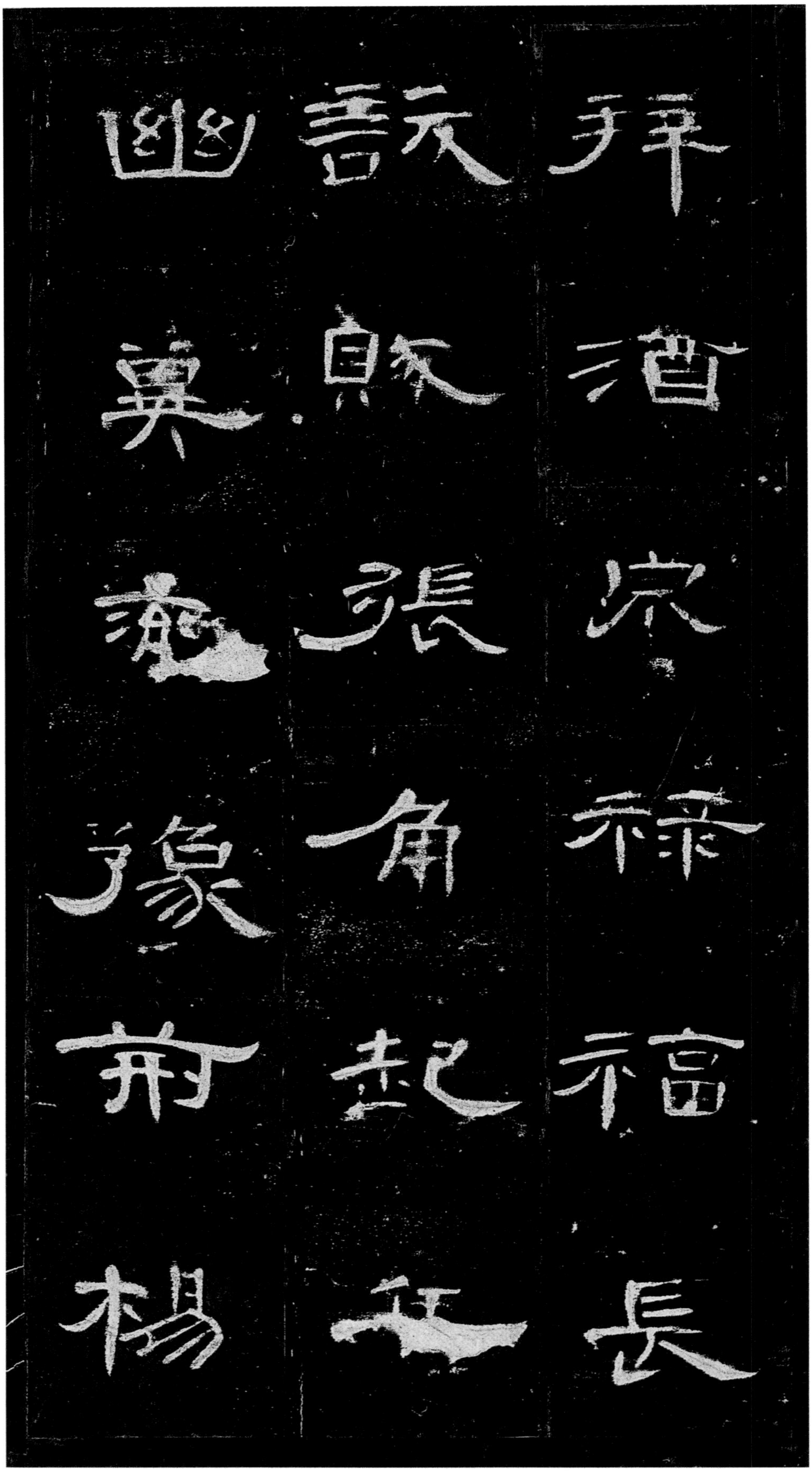
拜酒泉禄福長
訞賊張角起兵
幽冀兗豫荊楊

拜酒泉禄福長。／訞賊張角起兵／幽冀，兗豫荊楊，／

同時並動。而縣／民郭家等復造／逆亂，燔燒城寺，／

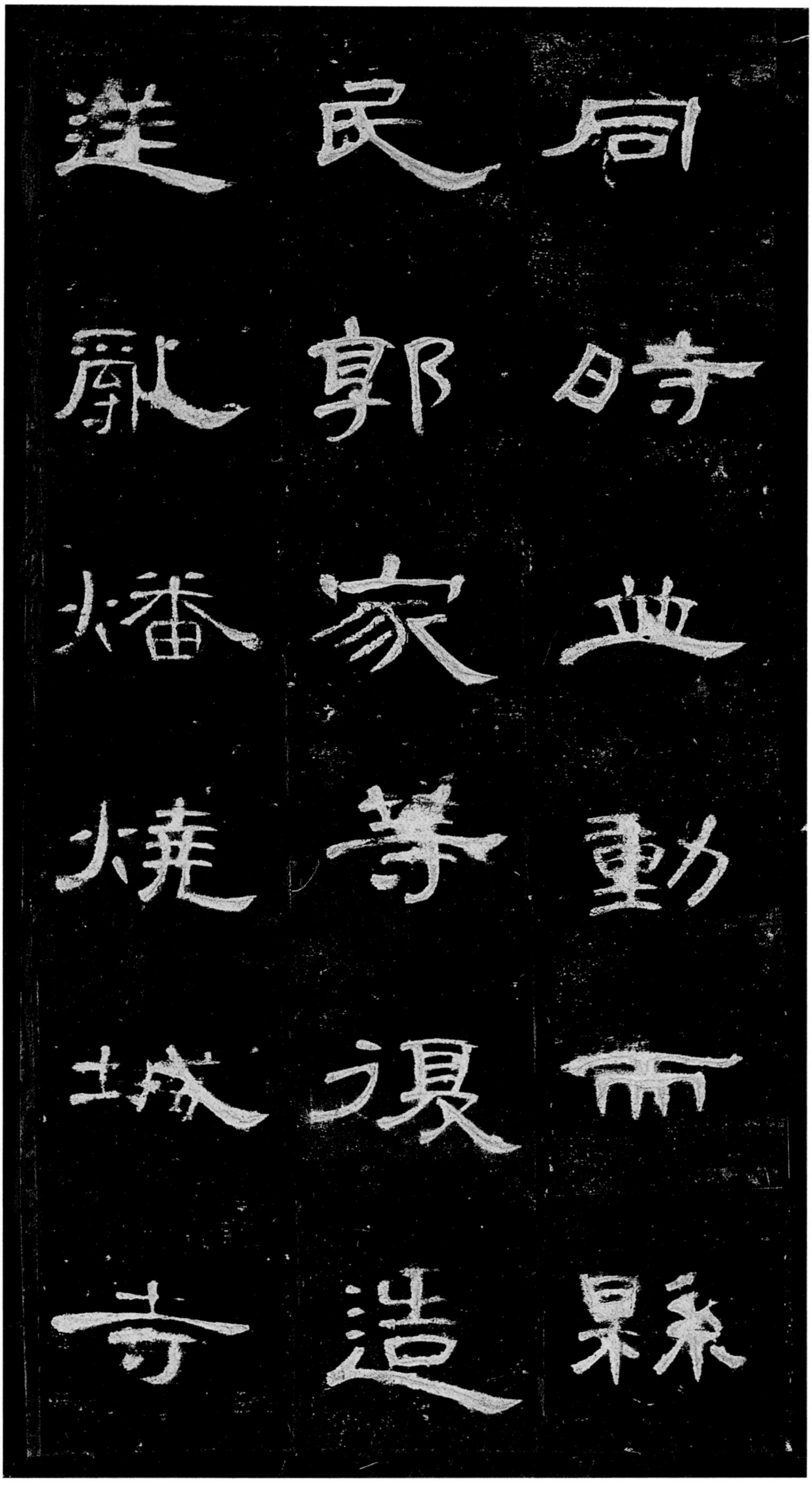

寺：此指官舍。

褢：同『懷』。

三郡：各郡。三爲虛數，泛指多。

羽檄：危急的軍情。古代軍事文書插鳥羽以示緊急，必須迅速傳遞。

仍：頻繁。

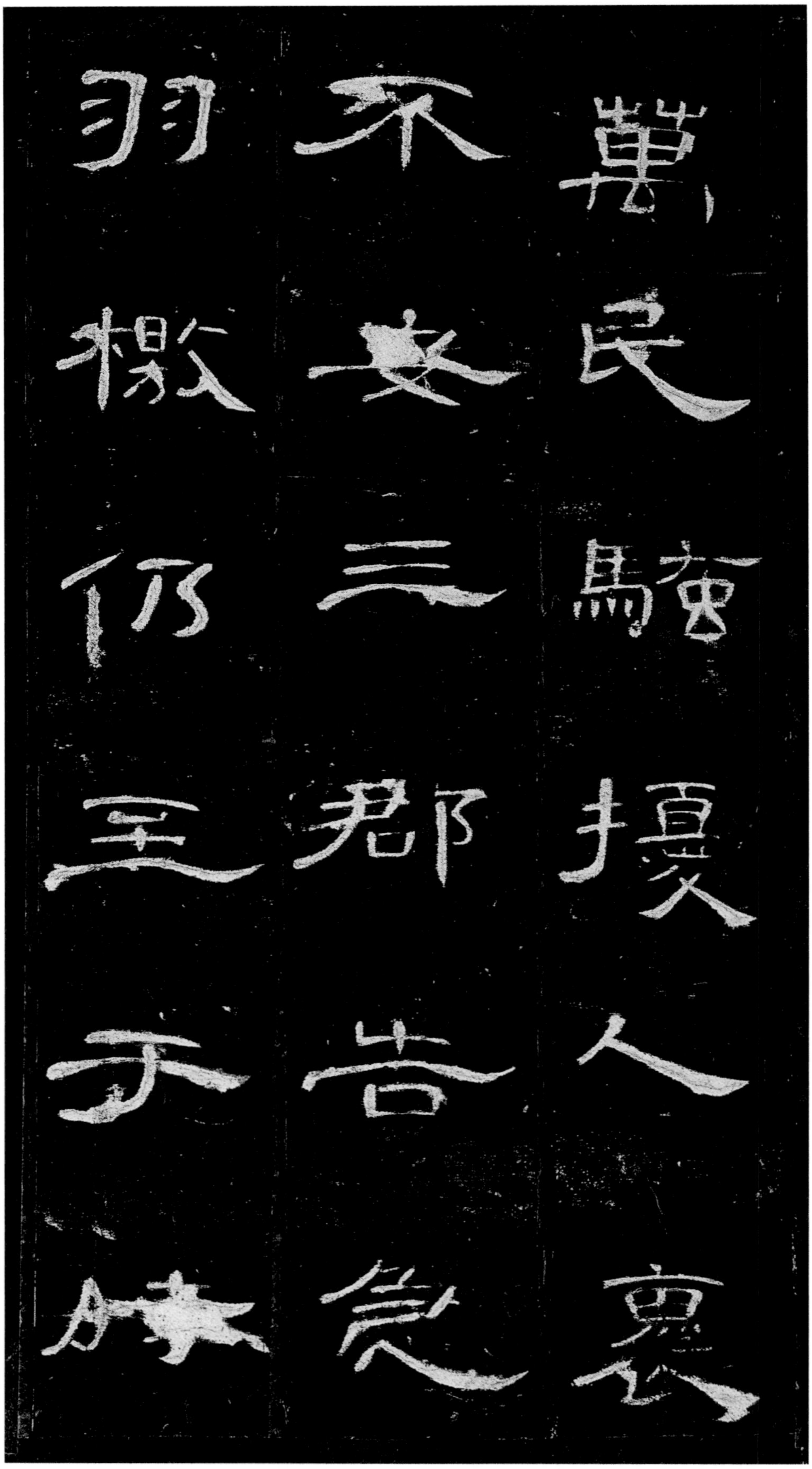

萬民騷擾，人褢／不安。三郡告急，／羽檄仍至。于時／

聖主諮諏群僚，/咸曰：『君哉！』轉拜/郃陽令，收合餘/

諮諏：徵詢，詢問。

郃陽：《後漢書·郡國志》屬左馮翊。郃陽縣治所在今陝西省合陽縣東南四十里。

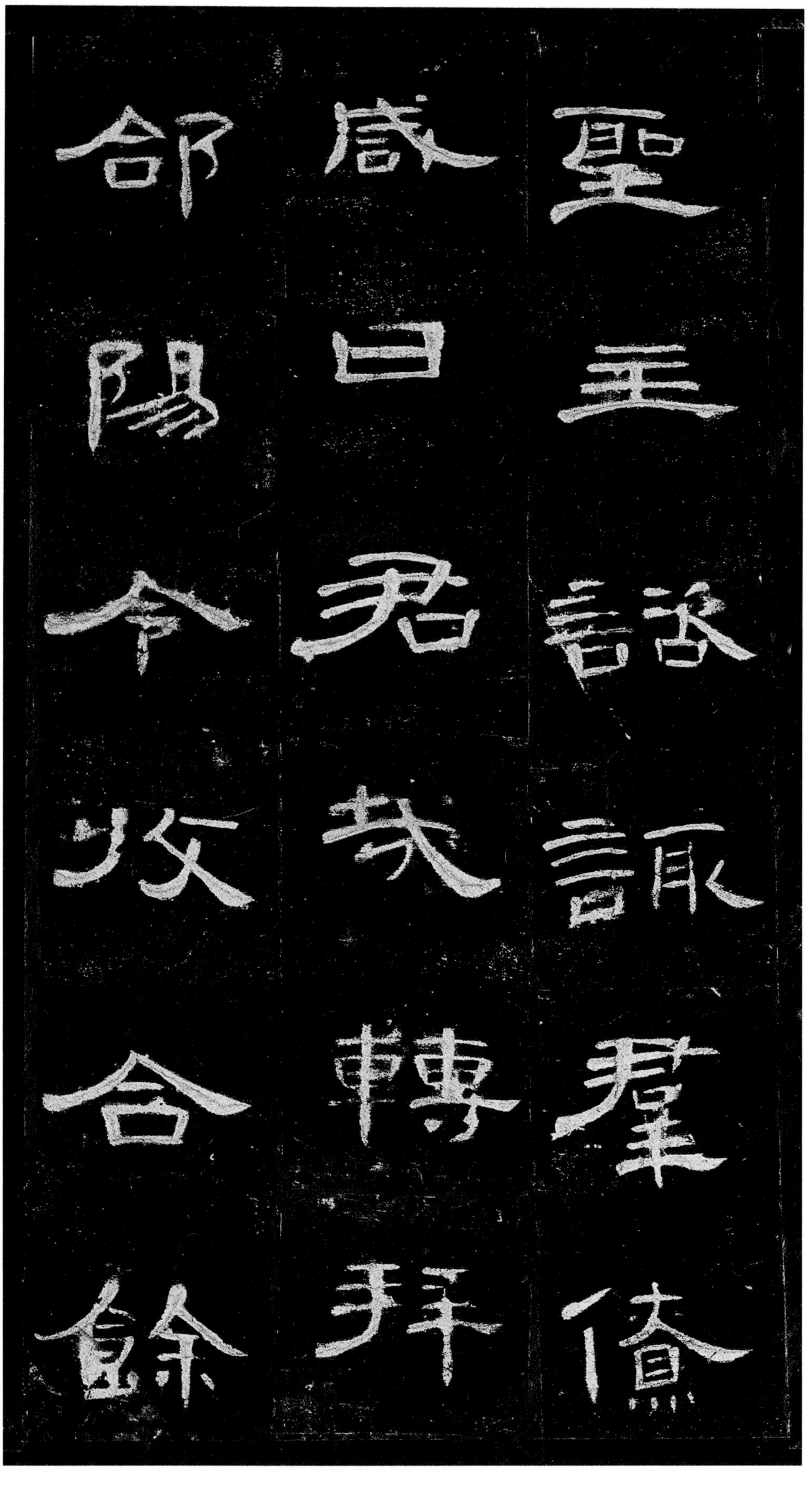

芟夷：剷除，消滅。殘迸：殘餘逃竄者。《說文解字》：『迸，散走也。』

暈：同『量』。碑陰題名中又寫作『量』。『商量』係人名，字伯祺。

儁艾：亦作『俊乂』，指才德出衆的人。

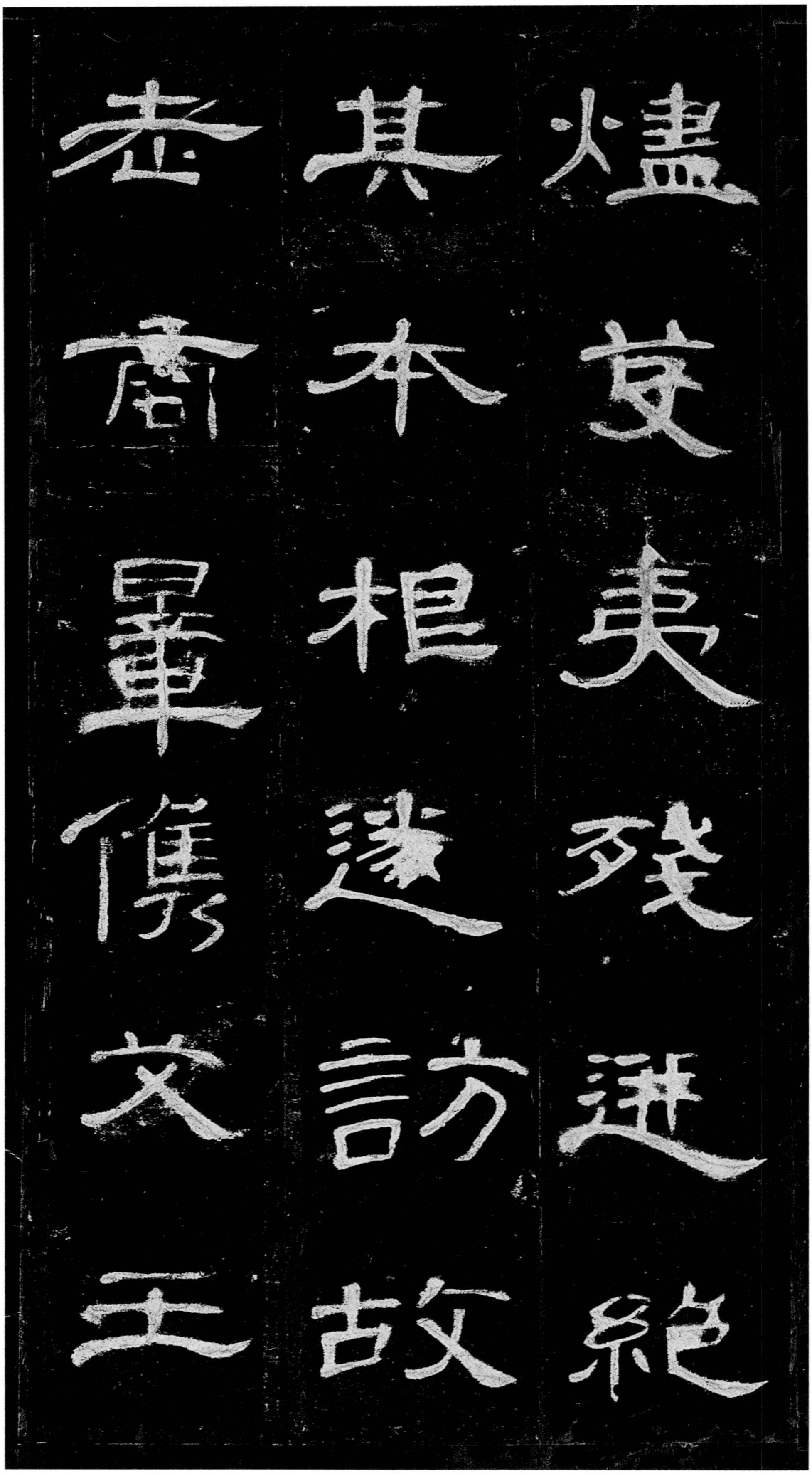

燼，芟夷殘迸，絶/其本根，遂訪故/老商暈、儁艾王/

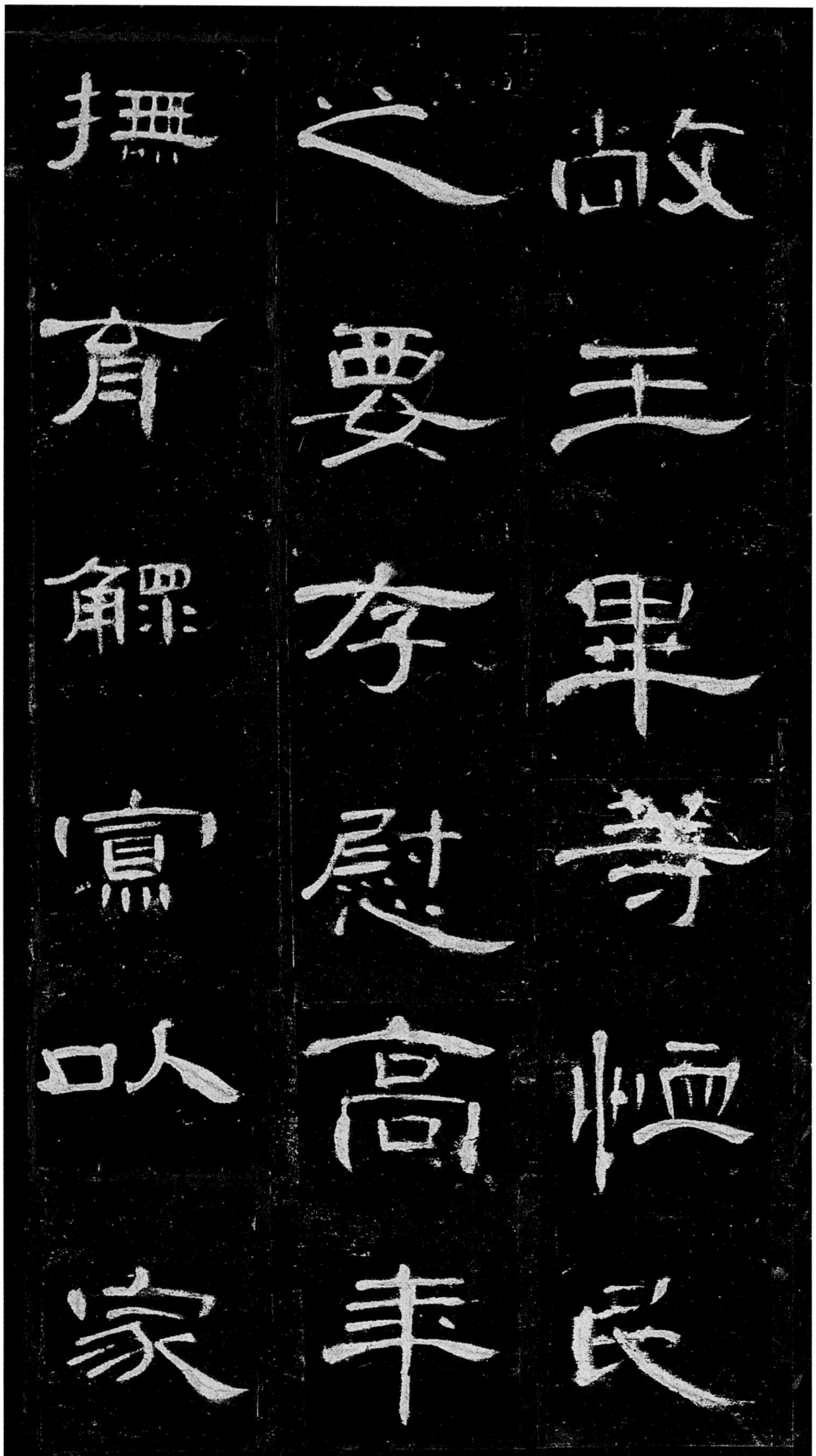

敞、王畢等，恤民／之要，存慰高年，／撫育鰥寡，以家／

糴：買進糧食。

癃：同『癃』，年老衰弱多病者。

婓：同『妃』。

七：此處是『匕』字。匕首藥，治療刀傷的藥。

神明膏：治療瘡癰等毒的藥。

錢糴米粟賜癃／盲。大女桃婓等，／合七首藥、神明／

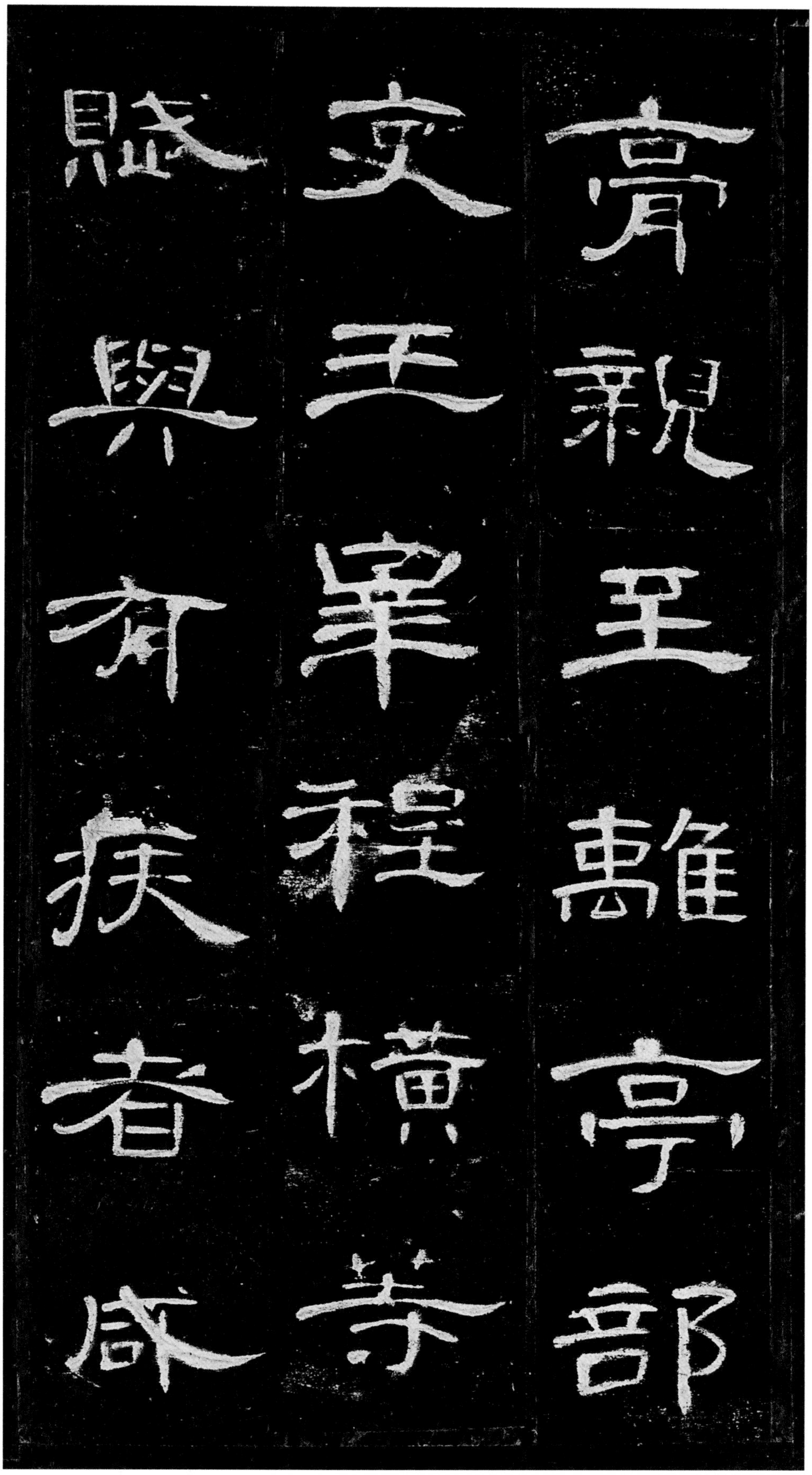

膏，親至離亭，部／吏王宰、程横等，／賦與有疾者，咸／

離亭：城郭外供行人休息的官置亭舍。顧炎武《金石文字記》卷一：『凡亭舍之去郡縣遠者謂之離亭，猶曰離宮也。其在郭内者謂之都亭。』

瘳：痊癒。

悛：通『痊』。

郵：驛站。惠政之流，甚於置郵，此句本於《孟子·公孫丑上》：『德之流行，速於置郵而傳命。』

繈負：用繈褓背負。

反：『返』的古字。

蒙瘳悛，惠政之/流，甚於置郵，百/姓繈負反者如/

戢：通「葺」。

廧：同「墻」。

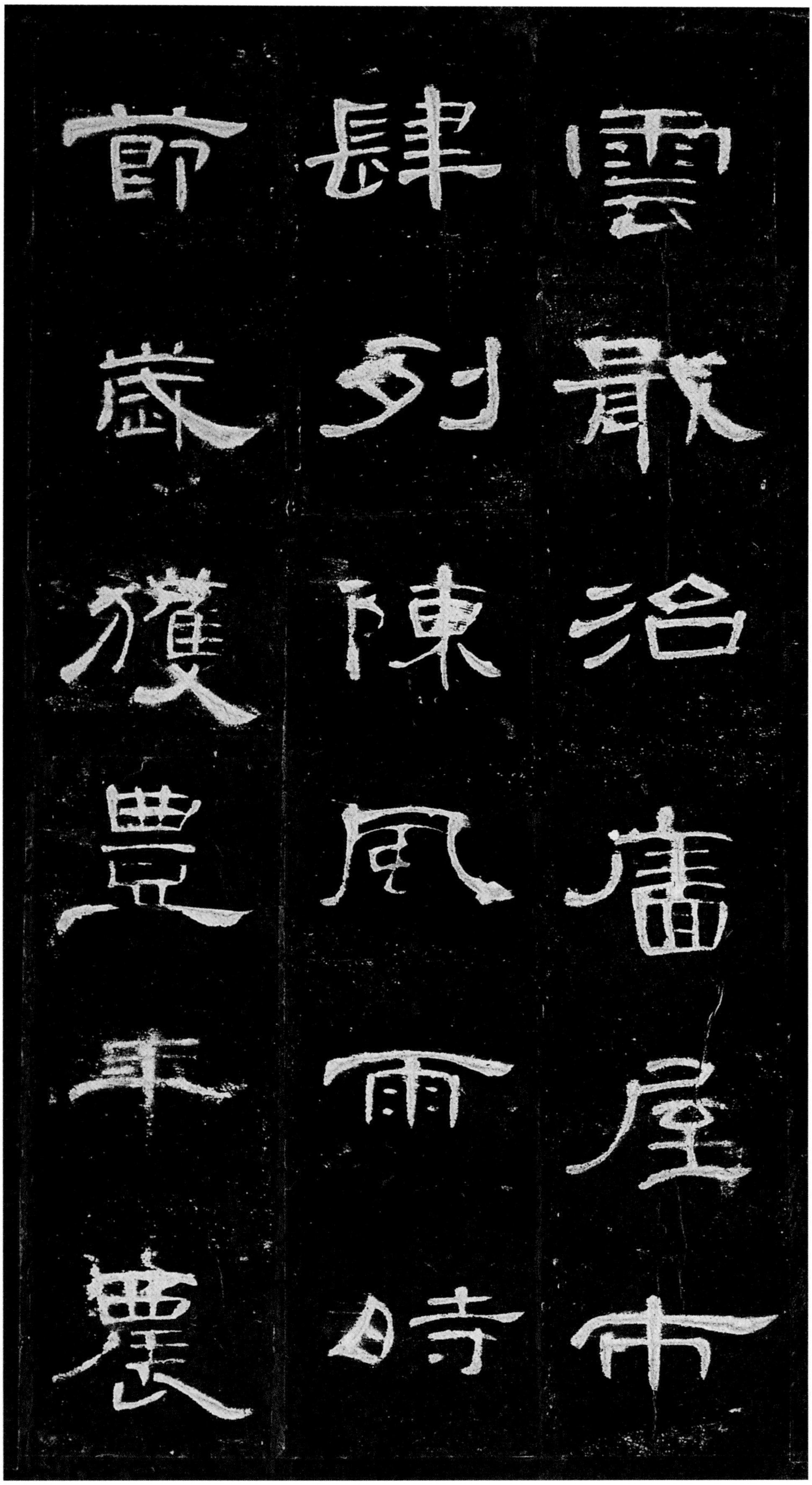

雲。戢治廧屋，市／肆列陳，風雨時／節，歲獲豐年。農／

河：通『和』。

和平元年：即一五〇年。

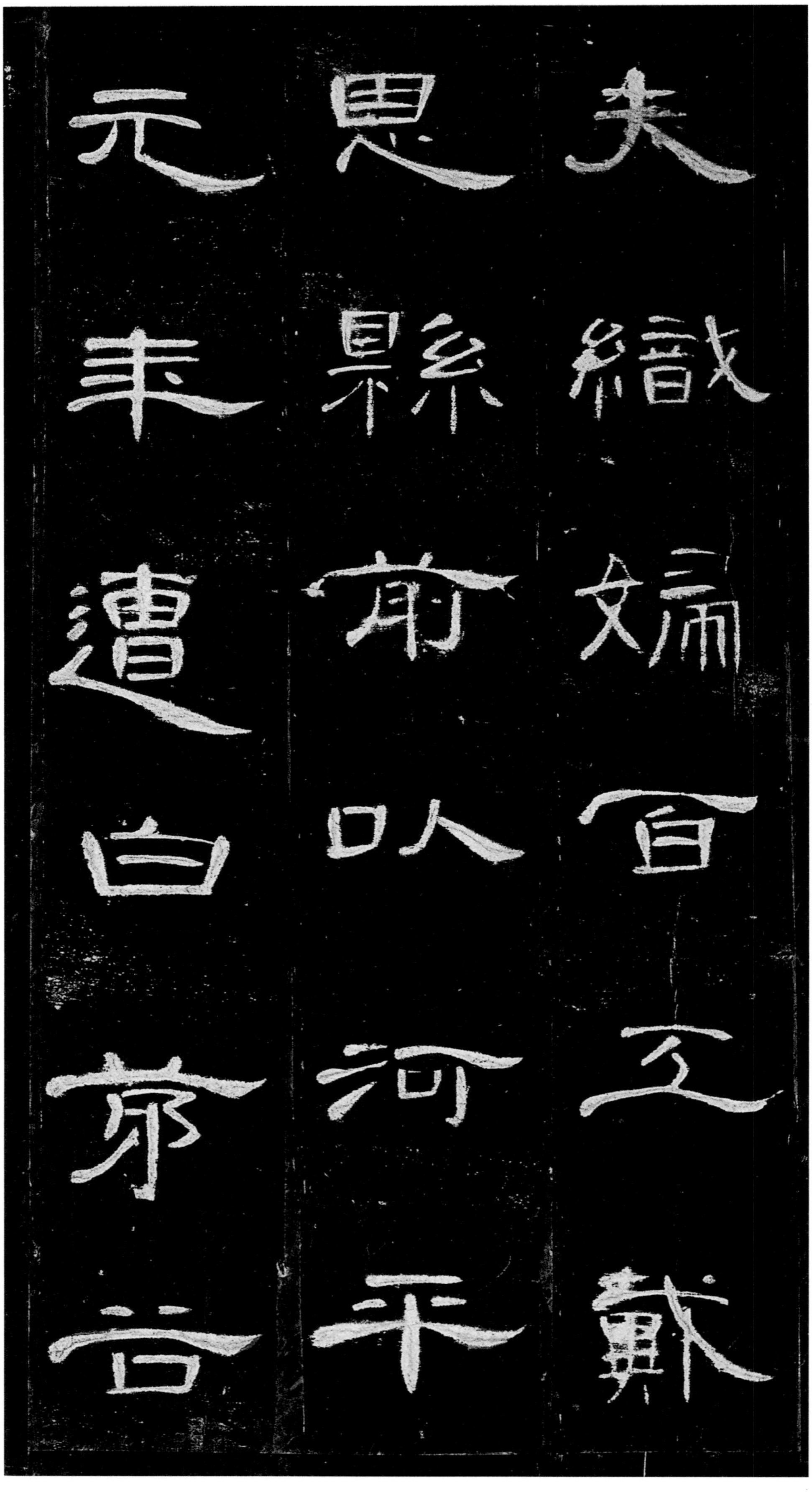

夫織婦，百工戴／恩。縣前以河平／元年遭白茅谷／

戊亥之間：戊戌、己亥年間。即延熹元年（一五八）和延熹二年（一五九）之間。

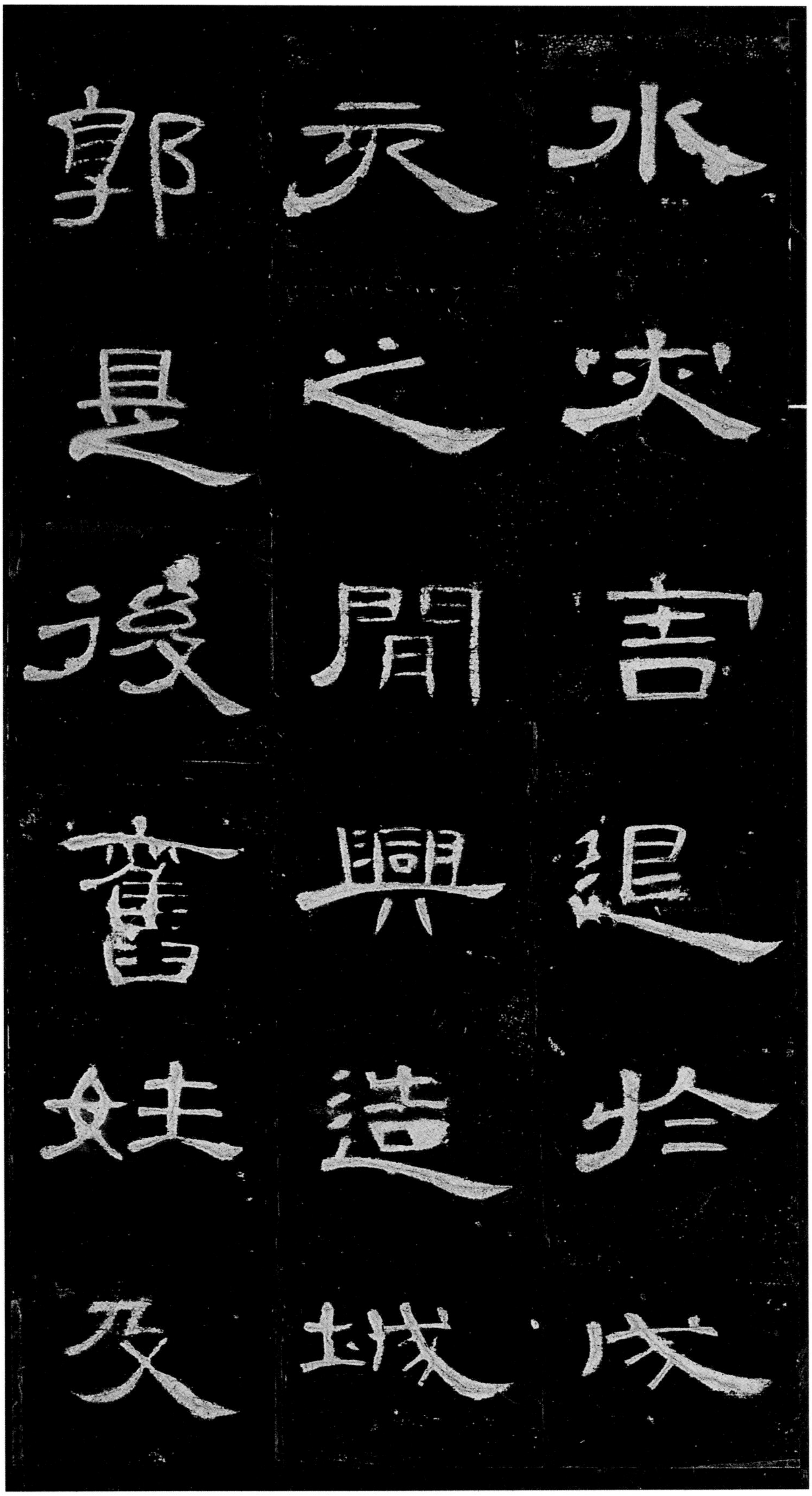

水灾，害退，於戊／亥之間興造城／郭。是後，舊姓及／

縉紳：原意是插笏於帶，指官宦的裝束，轉用爲官宦的代稱。縉，也寫作『搢』，插。紳，束在衣服外面的大帶子。

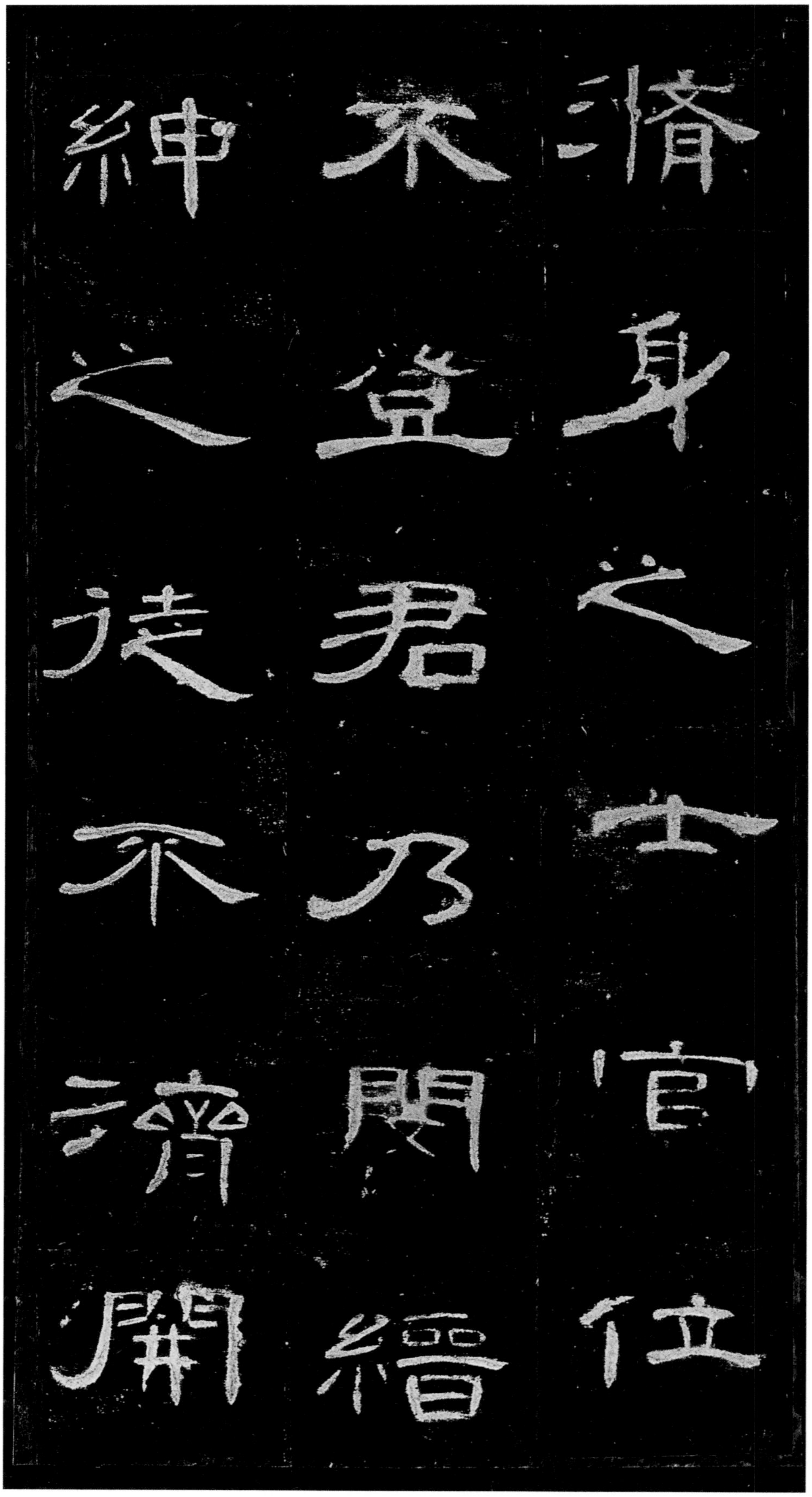

脩身之士官位／不登，君乃閔縉／紳之徒不濟，開／

華岳：即華山。華山位於郃陽縣之南。

鄉：通『嚮』。嚮明而治，句出《易·說卦》：『聖人南面而聽天下，嚮明而治。』

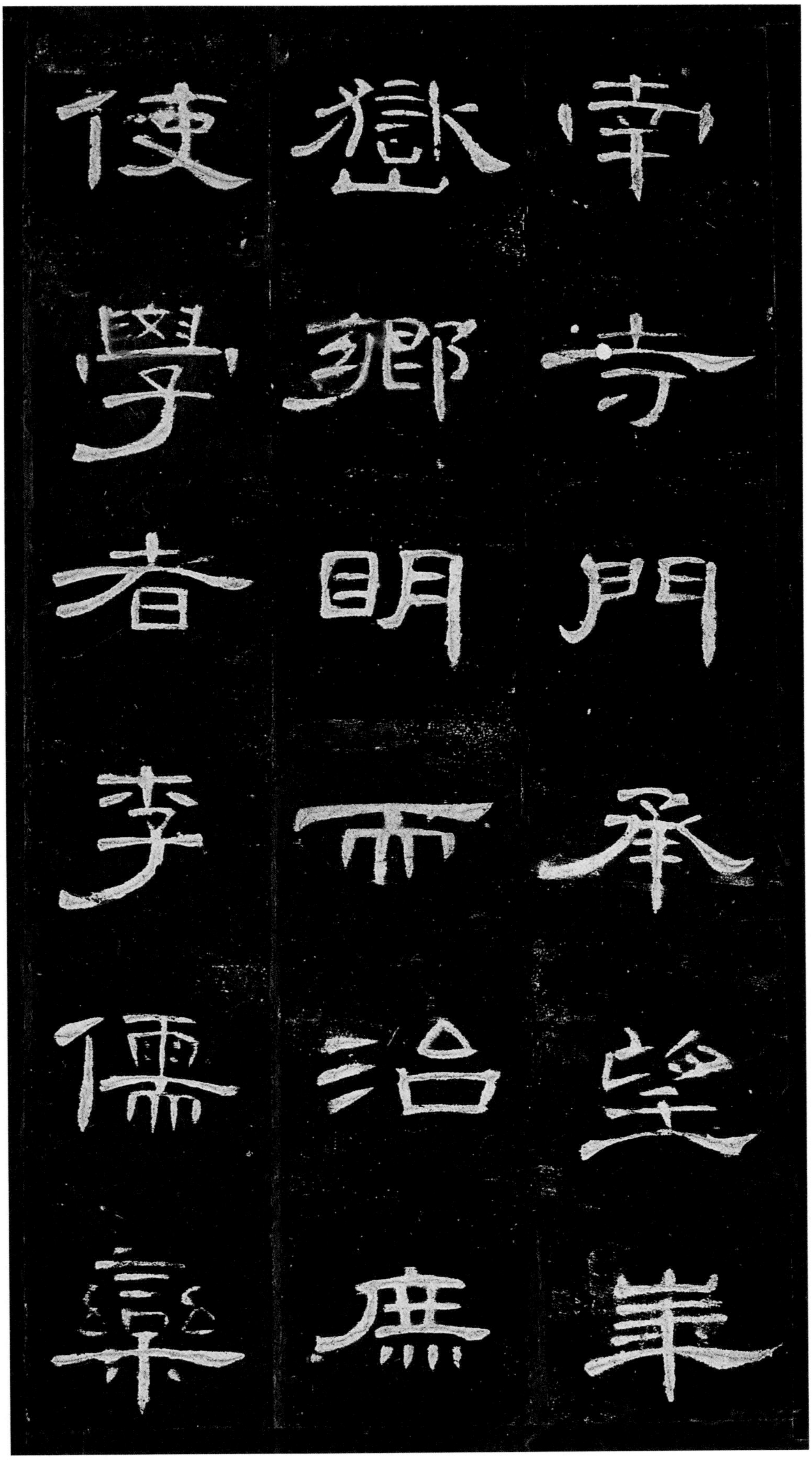

南寺門，承望華／嶽，鄉明而治，庶／使學者李儒、欒／

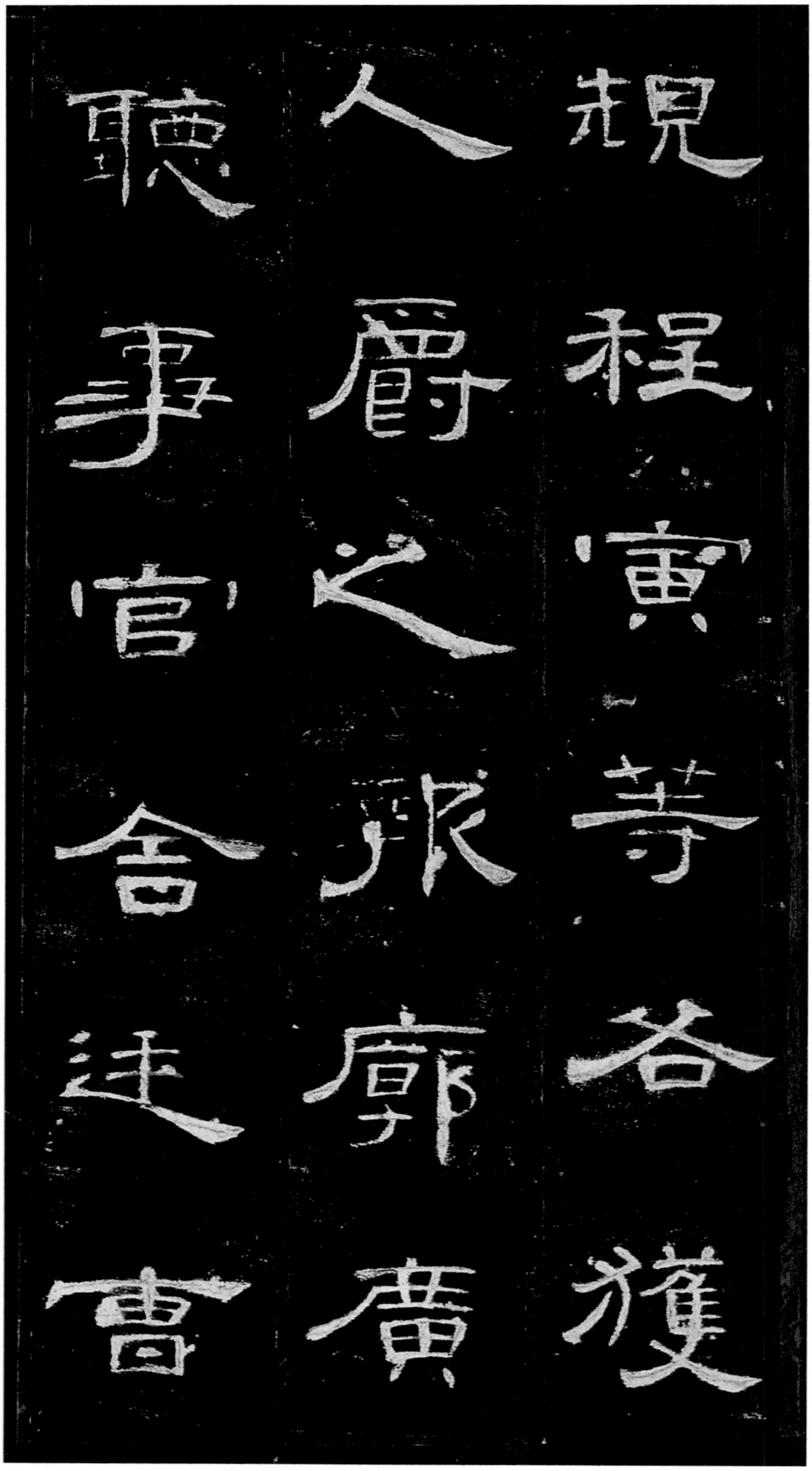

規、程寅等，各獲／人爵之報。廓廣／聽事官舍，廷曹／

廷曹廊閣：泛指官舍中的屋宇廊閣。

干時：干犯農時。役不干時，即徵用勞役不影響農民耕作。

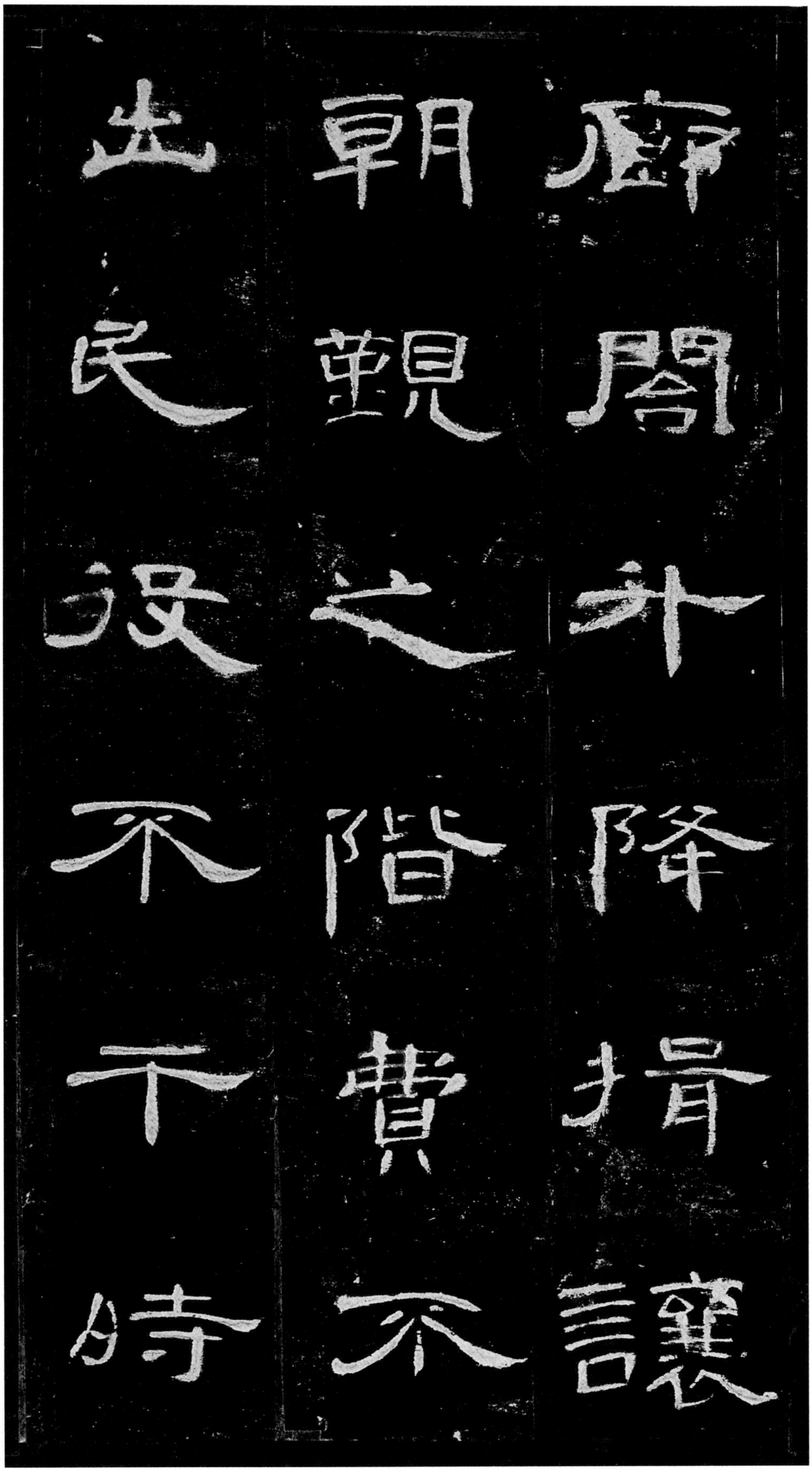

廊閣，升降揖讓／朝覲之階，費不／出民，役不干時。／

主薄：即主簿。

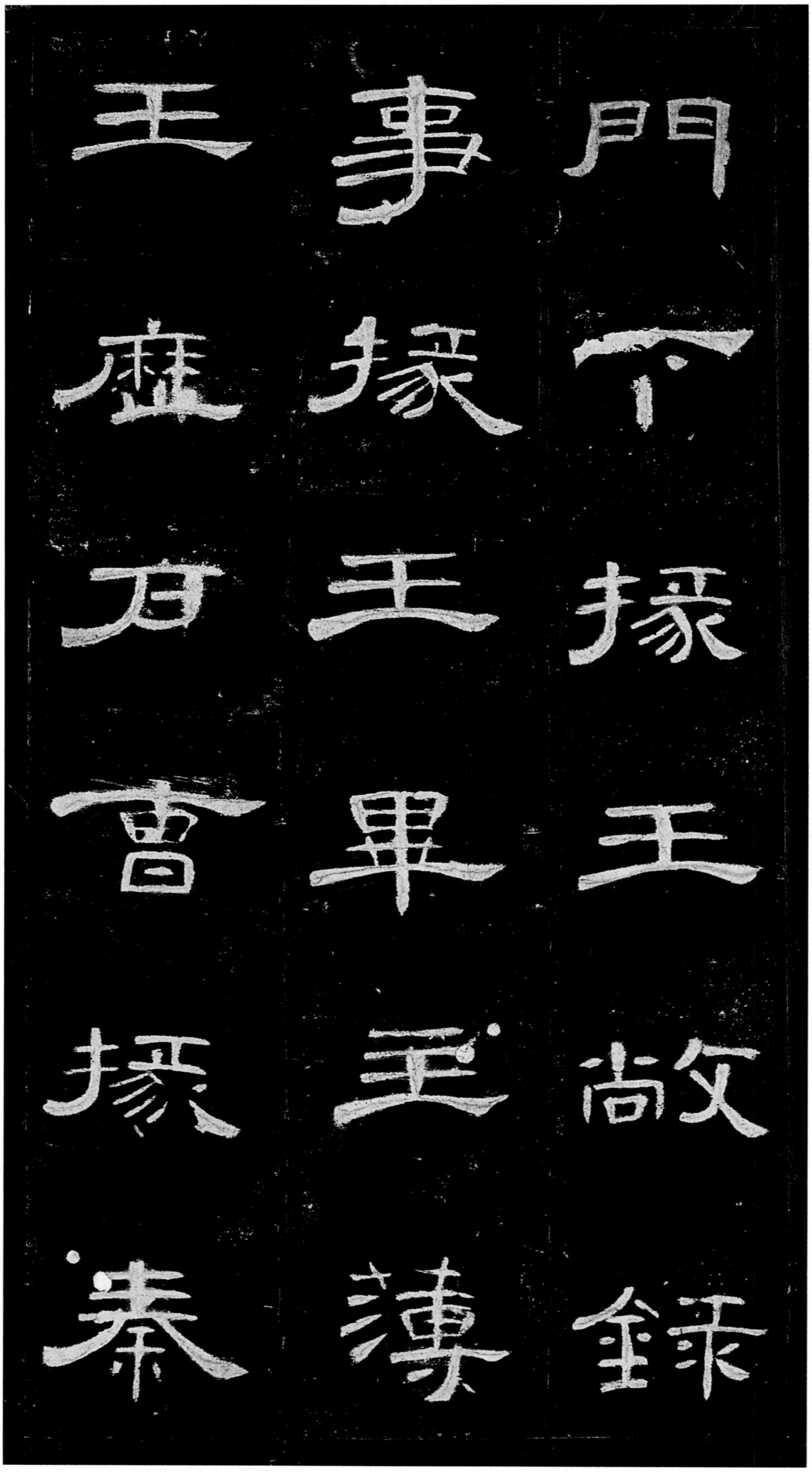

門下掾王敞、録／事掾王畢、主薄／王歷、户曹掾秦／

奚斯：名公子魚，春秋時魯公子。《詩經・大雅・魯頌》篇，舊說爲奚斯所作。

考甫：即正考父，春秋時宋襄公大夫，舊說正考父得《詩經・大雅・商頌》十二篇於周之太師。這一句是說，衆人效法奚斯、正考父寫《魯頌》、《商頌》之善舉，刻石以記述曹全的功德。

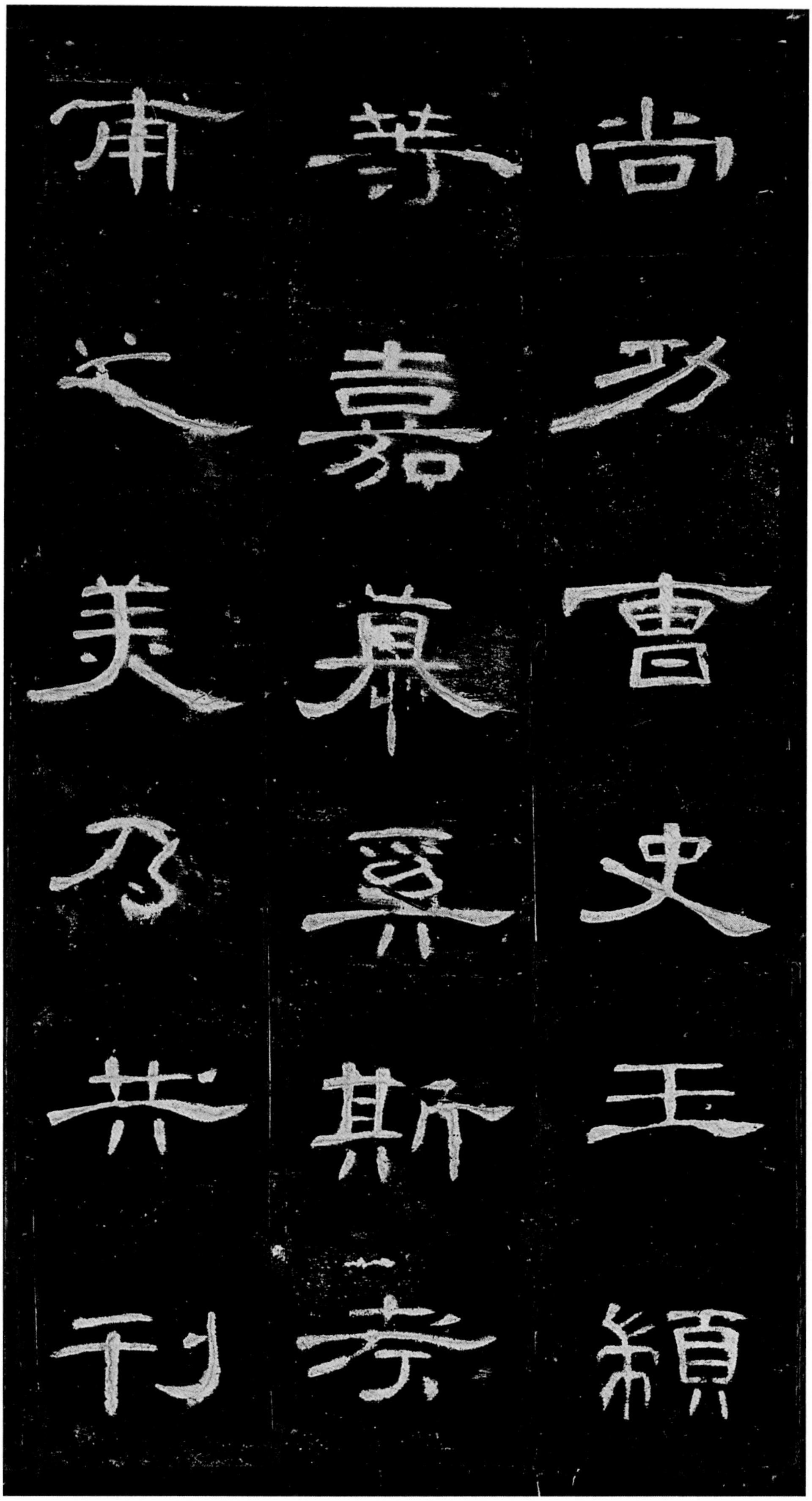

尚、功曹史王顓/等，嘉慕奚斯、考/甫之美，乃共刊/

懿：美善。

明后：賢明的長官。

鬼方：指邊遠之地的少數民族。此處指曹全征討疏勒事。

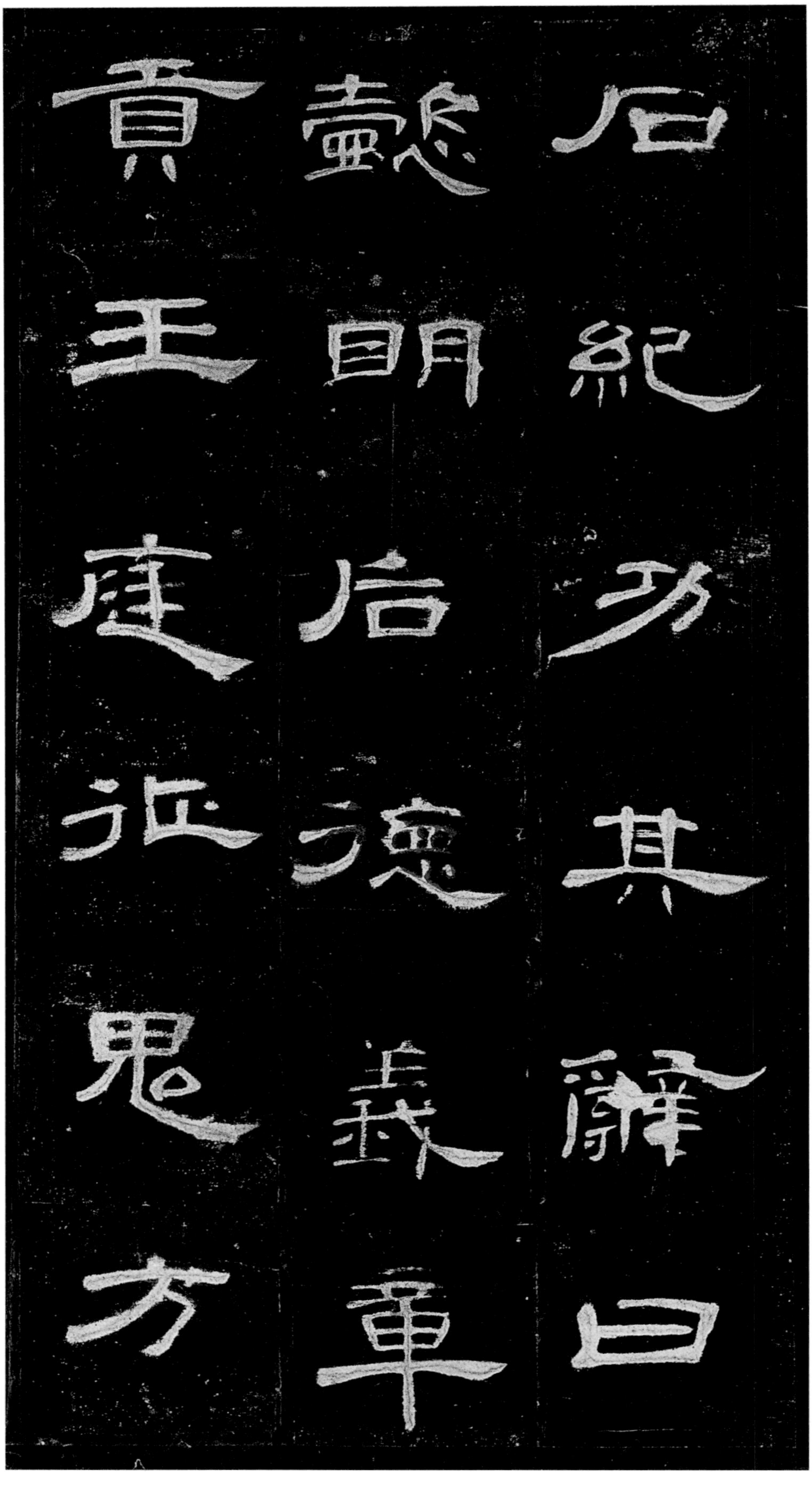

石紀功。其辭曰：「懿明后，德義章。「貢王庭，征鬼方。」

巟：同『荒』。

孔懷：指兄弟。《詩經·小雅·常棣》：『死喪之威，兄弟孔懷。』鄭玄箋：『維兄弟之親，甚相思念。』本意是十分思念，後用爲兄弟的代稱。

威布烈，安殊巟／。還師旅，臨槐里／。感孔懷，赴喪紀。／

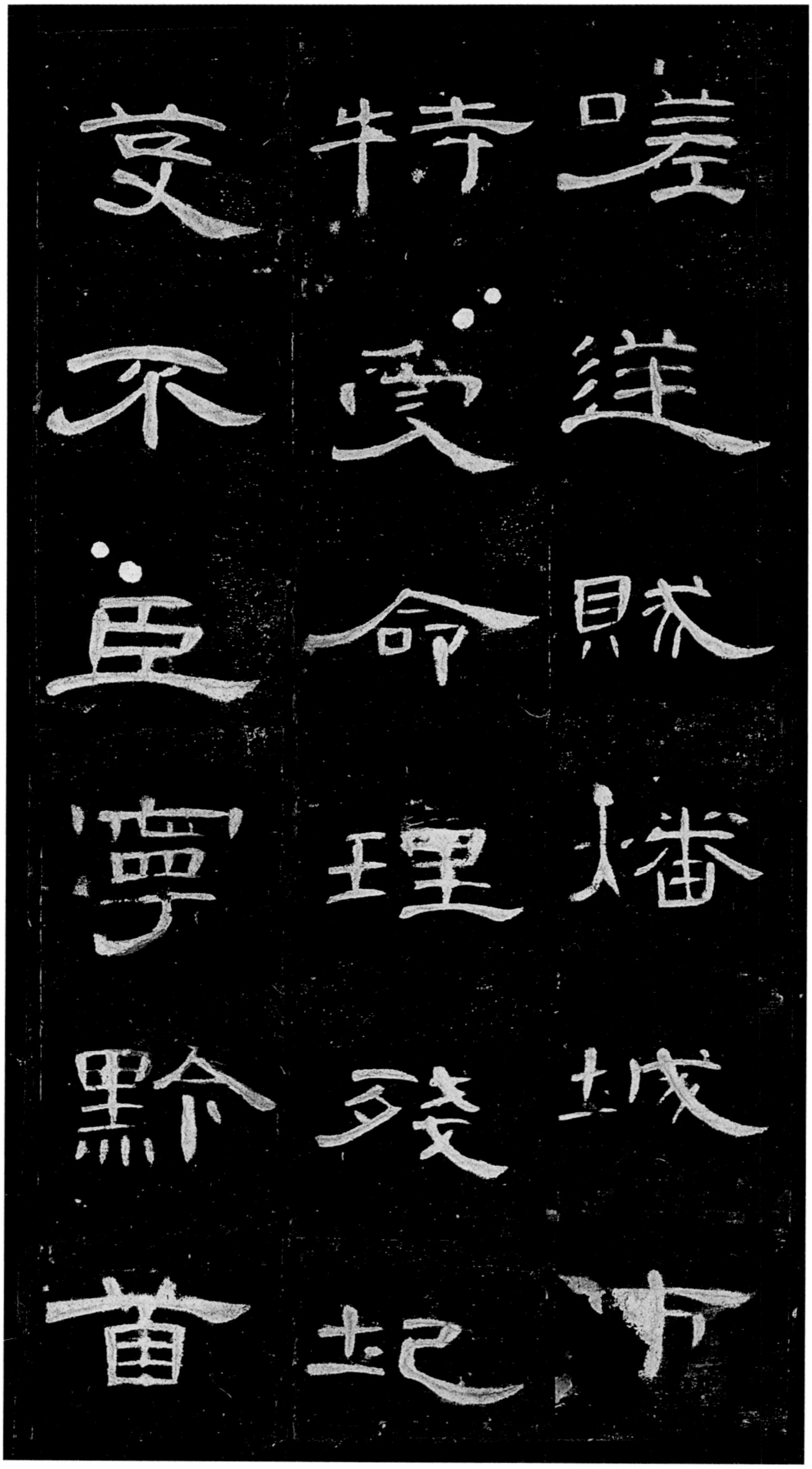

嗟逆賊，燔城市。/特受命，理殘圮。/芟不臣，寧黔首。/

闕：門闕。

嵯峨：高峻貌。

沾渥：浸潤，比喻蒙受恩澤，寵遇。

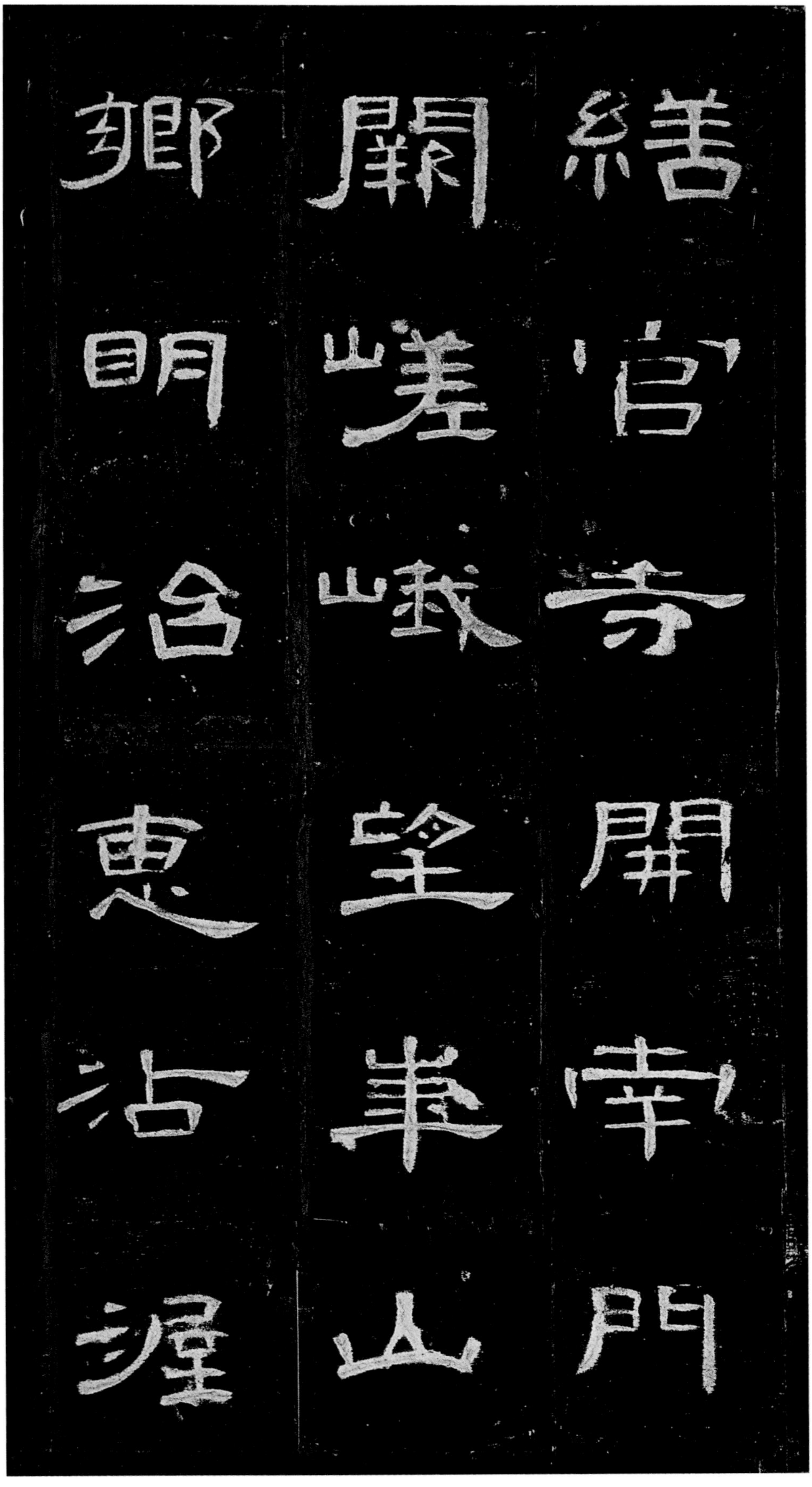

繕官寺，開南門。／闕嵯峨，望華山。／鄉明治，惠沾渥。／

鼎足：比喻三公之位。此句祝願曹全能位極人臣。

中平二年：一八五年。十月丙辰爲十月二十一日。

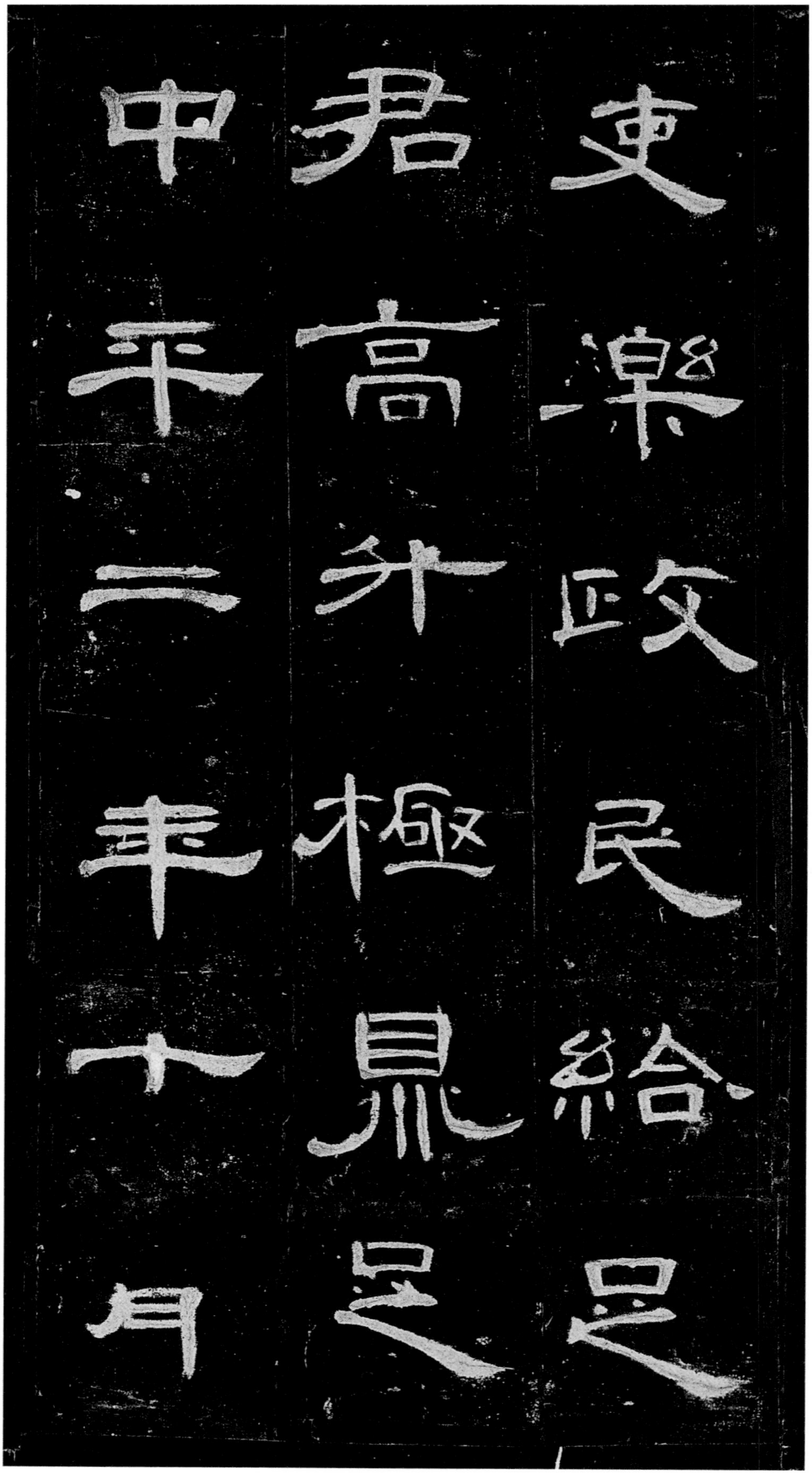

吏樂政，民給足。／君高升，極鼎足。／中平二年十月／

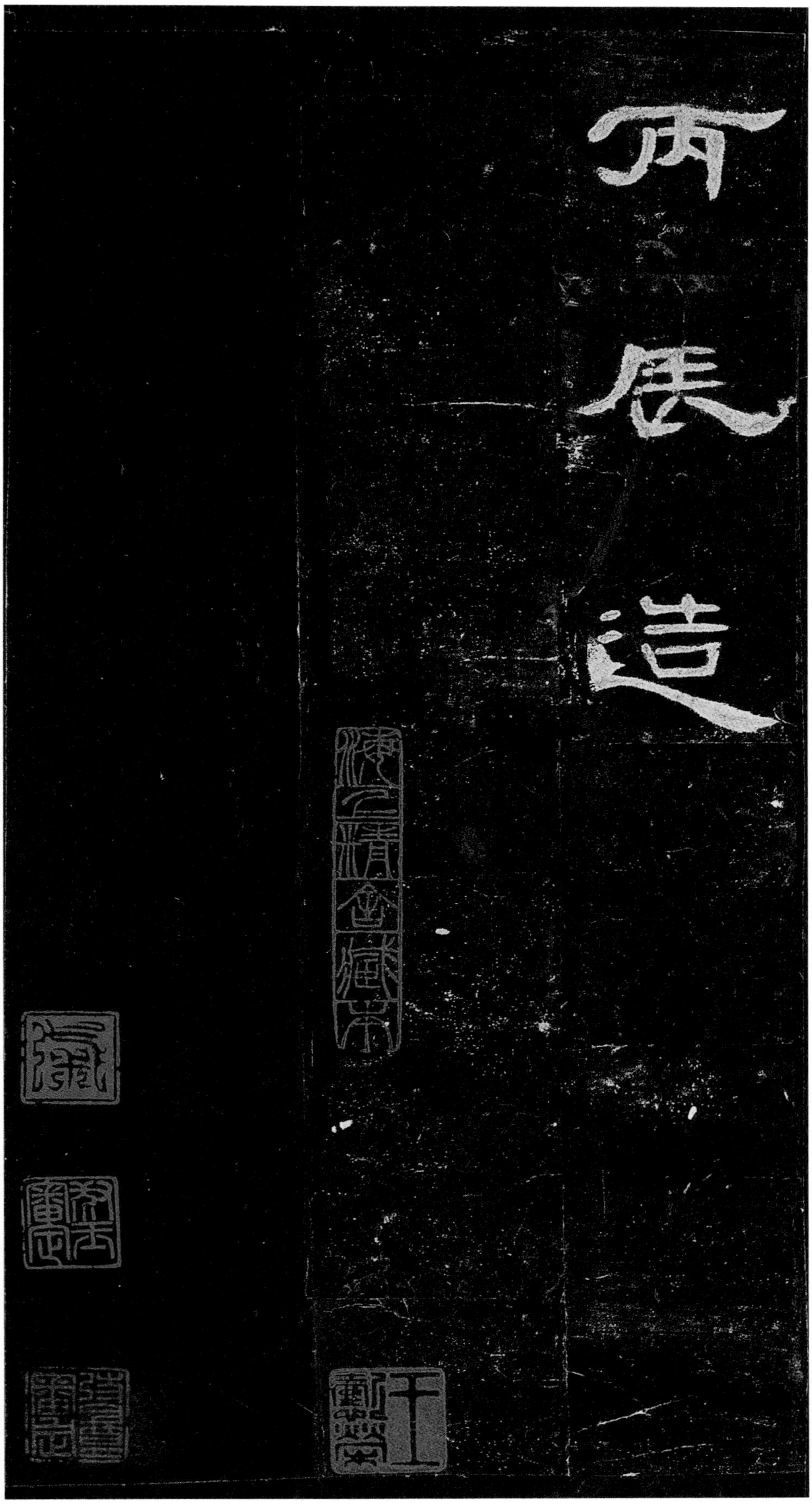

丙辰造。

處士：顧炎武《金石文字記》卷一：『處士者德行可尊之人，義士則但出財之人而已。今人出財布施皆曰信士，宋太宗朝避御名，凡「義」字皆改爲「信」，今之「信士」，即漢碑所稱之「義士」也。』

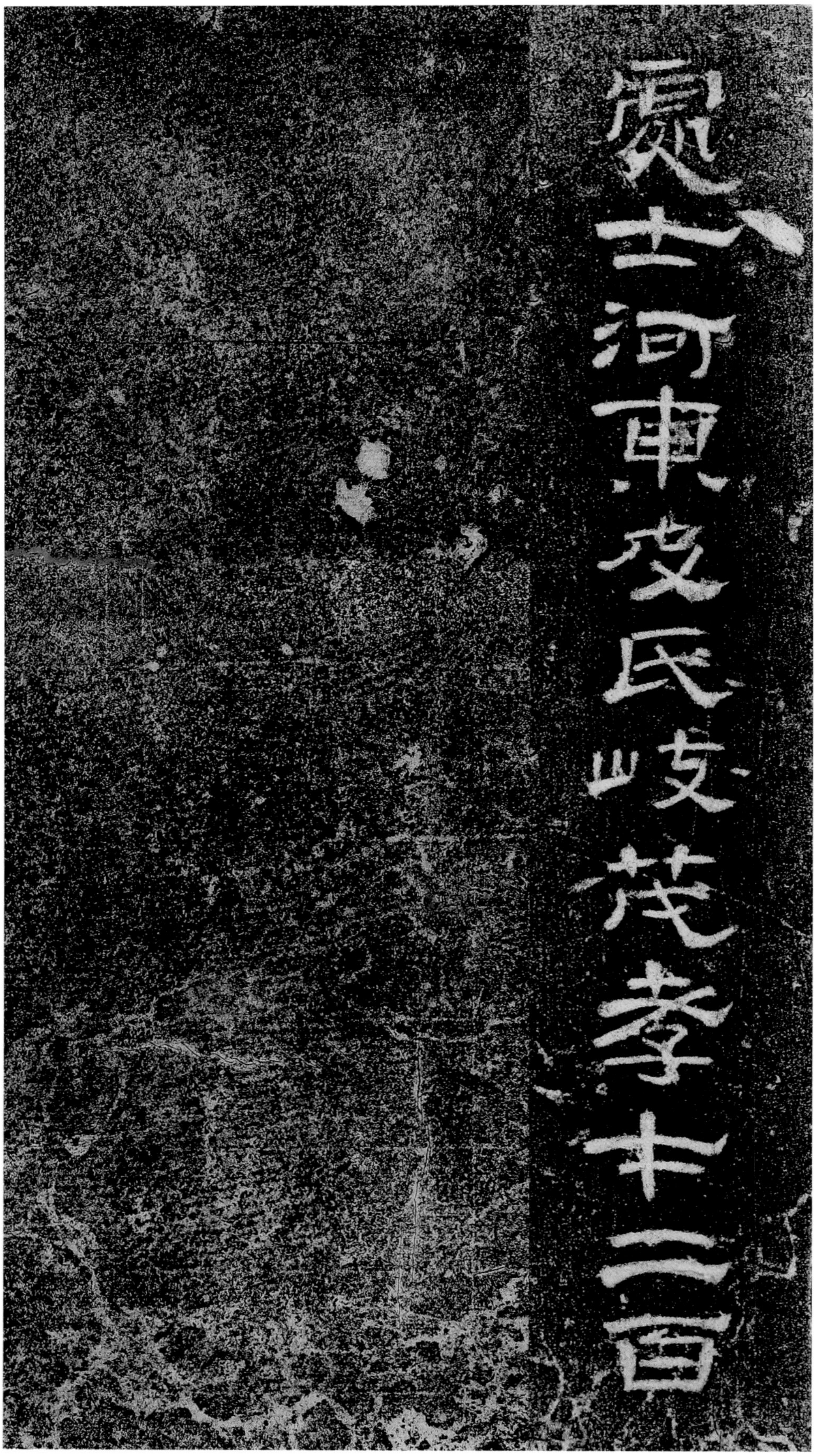

【碑陽】處士河東皮氏岐茂孝才二百。／

縣三老商量伯祺五百。／鄉三老司馬集仲裳五百。／徵博士李儒文優五百。／故門下祭酒姚之辛卿五百。／故門下掾王敞元方千。／

諲：敬。《爾雅·釋詁》：『敬也。』

故門下議掾王畢世異千。／故督郵李諲伯嗣五百。／故督郵楊動子豪千。／故將軍令史董溥建禮三百。／故郡曹史守丞馬訪子謀、／

故郡曹史守丞楊榮長孳、／故鄉嗇夫曼駿安雲、／故功曹任午子流、／故功曹曹屯定吉、／故功曹王河孔達、／

此處是表示八人合湊五百錢。下同此例。

千，此字寫似『二』，亦有學者釋爲『二』。但於此處不通。若作『二百』，則缺『百』字，『二』字寫法亦不類。筆者認爲是『千』字漏刻一竪，現存兩筆與『千』字起手兩筆形態全同。

故功曹王吉子僑、／故功曹王時孔良五百。／故功曹王獻子上、／故功曹秦尚孔都千、／故功曹王衡道興、／

故功曹楊休當女五百。／故功曹王衍文珪、／故功曹秦杼漢都千。／……璉、／故功曹王詡子弘、／

此處爲原文所缺，非碑石殘損。蓋刻碑時未詳官職名字，故空缺待補。下文空缺處亦同此。

故功曹杜安元進。／……元、／……孔宣、／……萌仲謀、／故郵書掾姚閔升臺、／

故（市）掾王尊文憙、／故（市）掾杜靖彥淵、／故主薄鄧化孔彥、／故門下賊曹王翊長河。／故市掾王理建和、／

故市掾成播曼舉、／故市掾楊則孔則、／故市掾程璜孔休、／故市掾扈安子安千。／故市掾高頁顯和千。／

故市掾王季晦、／故門下史秦並静先。／……起、／故賊曹史王授文博、／故金曹史精暘文亮、／

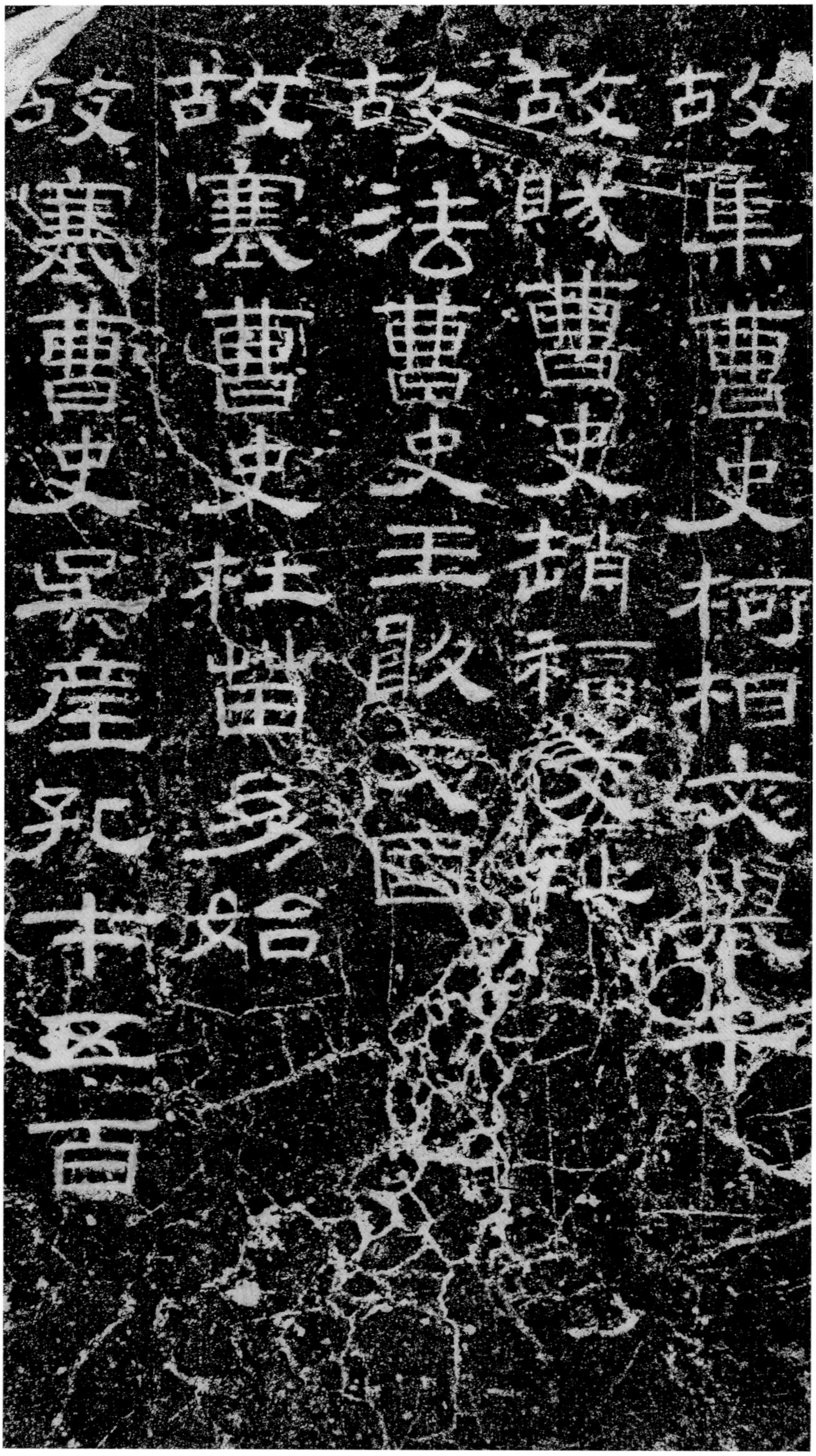

故集曹史柯相文舉千。／故賊曹史趙福文祉、／故法曹史王敢文國、／故塞曹史杜苗幼始、／故塞曹史吳産孔才五百。／

（故外）部掾趙炅文高、／（故集）曹史高廉□吉千。／義士河東安邑劉政元方千。／義士侯褒文憲五百。／義士穎川臧就元就五百。／

穎：本字作『潁』，是水名。

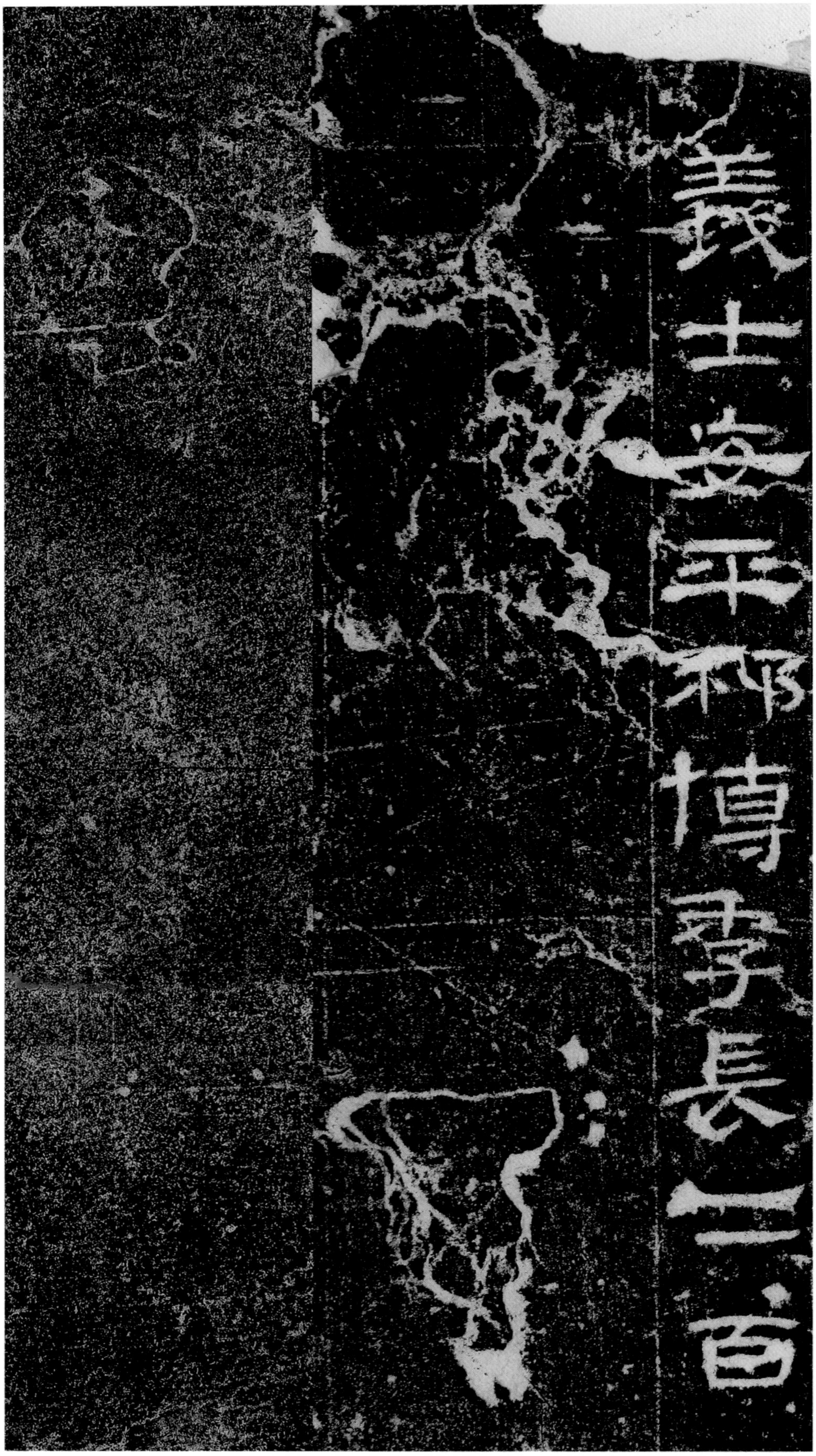

義士安平祁博季長二百。／

歷代集評

碑文隸書遒古，不減《史卒》、《韓敕》等碑，且完好無一字缺壞，真可寶也。

——明 趙崡《石墨鐫華》

碑陰自伯祺止孝才五十二人，外五人名字不備，當是書石闕略，非剥蝕也。書法簡質，草草不經意，又別爲一體，益知漢人結體命意，錯綜變化，不衫不履，非後人可及。

——明 郭宗昌《金石史》

《曹景完碑》萬曆間始出郃陽土中，唯一『因』半缺，餘俱完好。且字法遒秀，逸致翩翩，與《禮器碑》前後輝映，漢石中之至寶也。

——清 孫承澤《庚子銷夏記》

《曹全碑》，萬曆間出自土中，故得完好如新。碑陰有門生故吏名，出錢以刻石者。蓋全爲郃陽令，此邦人士頌德之文，故碑尚在縣，不知何時埋没，今始掘得，較當時顯著，更流美千載也。書意故是名迹，從中郎法度變出，別成一家。今耳目好新，乃竟宗之，白下鄭簠早年學之頗似，晚復頹唐不得力氣，後未見其繼。

——清 陳奕禧《緑陰亭集》

字甚真切。古人用筆，歷歷可見。

——清 鄭簠跋《曹全碑》

未經剥蝕，字畫完好，漢法畢真，學者咸宗之。

——清 鄭簠跋《曹全碑》

秀美飛動，不束縛，不馳驟，洵神品也。

——清 萬經《分隸偶存》

學隸書宜從《乙瑛》入手，若從《曹全碑》入手，則易飄，若從《張遷》亦適中。

——清 梁巘《學書論》

漢碑字之小者，《孔元上》、《曹景完》二石也。《曹景完碑》秀逸，此碑淳雅，學書不學此碑，不知今隸源流相通處。惜存字無多，不及《郃陽碑》之完善也。

——清 郭尚先《芳堅館題跋》

分書石刻，始於後漢。然年代既遥，石質磨泐，妍媸莫辨，惟《曹全碑》，明季始出土，於漢碑中最爲完好，而未斷者尤佳。邇來擊拓既久，字迹模糊，時人重加刻畫，惟碑陰五十餘行，拓本既少，筆意俱存。雖當時記名、記數之書，不及碑文之整飭，而蕭散自適，別具風格，非後人所能仿佛於萬一。此蓋漢人真面目，壁坼、屋漏，盡在是矣。

——清 朱履貞《書學捷要》

漢隸碑版極多，大都殘缺，幾不能復識矣，惟《曹景完碑》猶尚完好可習。

——清 王澍《翰墨指南 書學宗派六則》

前人多稱其書法之佳，至比《韓敕》、《婁壽》，恐非其倫。嘗以質之孺初，孺初曰：『分書之有《曹全》，猶真行之有趙、董。』可謂知言。昔爲帖賈鑿壞，失秀潤之氣。

——清 楊守敬《平碑記》

《孔廟》、《曹全》是一家眷屬，皆以風神逸宕勝。……《尹宙》風華豔逸，與《韓敕》、《楊孟文》、《曹全碑陰》同家，皆漢分中妙品。《曹全碑陰》逼近《石經》矣。

——清 康有爲《廣藝舟雙楫》

中國碑帖名品［十七］

曹全碑

本社 編

責任編輯 馮 磊
釋文注釋 俞 豐
審 定 沈培方
責任校對 郭曉霞
封面設計 王 峥
整體設計 馮 磊
技術編輯 錢勤毅

出版發行 上海書畫出版社
地址 上海市延安西路593號 200050
網址 www.shshuhua.com
E-mail shcpph@online.sh.cn
印刷 上海界龍藝術印刷有限公司
經銷 各地新華書店
開本 889×1194mm 1/12
印張 6
版次 2011年8月第1版
2021年2月第21次印刷

書號 ISBN 978-7-5479-0239-4
定價 39.00元

若有印刷、裝訂質量問題，請與承印廠聯繫

圖書在版編目（CIP）數據

曹全碑/上海書畫出版社編. —上海：上海書畫出版社，2011.8
（中國碑帖名品）
ISBN 978-7-5479-0239-4
Ⅰ.①曹… Ⅱ.①上… Ⅲ.①隸書—碑帖—中國—東漢時代 Ⅳ.①J292.32
中國版本圖書館CIP數據核字（2011）第148475號